Albert Ludewig Grimm

Kindermärchen

Albert Ludewig Grimm: Kindermärchen.
Erstdruck: Heidelberg (Mohr und Zimmer) 1809.

Veröffentlicht von Contumax GmbH & Co. KG
Berlin, 2010
http://www.contumax.de/buch/
Gestaltung und Satz: Contumax GmbH & Co. KG
Druck und Bindung: Books on Demand GmbH, Norderstedt

ISBN 978-3-8430-5431-7

Inhalt

An Aeltern und Erzieher 5

1. Schneewittchen 9

    Personen 10

      1. Akt 10

      2. Akt 42

2. Hanns Dudeldee ein Mährchen 63

3. Von treuer Freundschaft 69

4. Der zornige Löwe 73

5. Die drey Königssöhne, ein Mährchen 77

6. Die drey Königstöchter, oder der Stein Opal, ein Mährchen 85

      1. 87

      2. 89

      3. 93

      4. 96

7. Kleinere Märchen, Fabeln und Parabeln 99

    1. Die Elefanten und die Hasen 99

    2. Der Affe 100

    3. Sokrates 101

    4. Das Wasserhuhn 102

    5. Der Fuchs und der Hahn 104

    6. Die Goldfischlein 104

    7. Der Affe und die Schildkröte 106

    8. Luftschlösser 109

    9. Der Schutzengel 110

An Aeltern und Erzieher.

An Aeltern und Erzieher. (Albert Ludewig Grimm: Kindermährchen)

Ich übergebe Euch hier eine Jugendschrift mit dem Wunsche, daß sie Euch willkommen seyn möge. Gleichwohl geschieht es mit einiger Verzagtheit, gleich dem Wanderer, der sicher nicht mit zuversichtlicher Ruhe einen Weg gehet, auf dem er so viele irre gegangen weiß, die vor ihm diese Strasse gewandelt. Möge ich wenigstens von der richtigen Strasse nicht zu ferne seyn, wie die Meisten, die sich mit der Jugendschriftstellerey befassen.

Was man gewöhnlich gegen Kindermährchen sagt und sagen kann – ich weiß es schon. Aber dennoch steht meine Ueberzeugung fest, daß die Jugend Mährchen haben muß. Mährchen-Poesie ist möchte ich sagen, die Poesie der Kindheit des poetischen Lebensalters. Das Interesse, das Kinder daran nehmen, ist mein Beweis dafür. Und ich möchte behaupten, daß ein Mährchen von dem Aschenpittchen, dem Lebkuchenhäuschen, dem Schneewittchen u.d. gl. eben so gut (wo nicht besser) in eine gute Erziehung eingreifet, als die hundert und aber hundert geglätteten Erzählungen von dem eiteln Julchen, dem wil den Lorchen, dem leichtsinnigen Karl, dem gutherzigen Lottchen, und wie sie sonst betitelt seyn mögen.

Darum übergebe ich Euch Mährchen; und übergebe sie Euch, weil ich sie lieber in Euern, als der Kinder, Händen wüßte; weil ich wünschte, daß Ihr in den Abendstunden – (nur für den Abend ist das Mährchen) – das Vorlesen übernähmet. In dem häuslichen Kreise unsers verdienstvollen deutschen Pädagogen, des Hrn. Kirchenraths Schwarz, wo auch das Mährchen nicht unter die Contrebande in der Erziehung gerechnet ist, wird es so behandelt, und dort überzeugte ich mich von dem Vortheile, den diese Behandlungsart gewährt.

Besonders Euch seyen diese Blätter geweyht, Ihr Mütter! besonders dir, glückliche Mutter acht blühender Kinder, die du in mütterlicher Brust noch rein bewahrest ein Herz aus den Tagen der goldenen Kindheit. Mögen sie dir, mögen sie jeder Mutter, die sie benutzt, eine stillerfreuliche Abendunterhaltung für die Kinder gewähren.

Ob ich den rechten Ton getroffen habe? – Ich wünsche es, ich hoffe es. Ich nahm wenigstens kein Stück auf, das nicht vorher die Probe bestanden hätte, das ich nicht mehrmahls in einem zahlreichen Kinderkreise erzählt, oder vorgelesen, und das den Kindern nicht gefallen hätte. Ein einziges nehme ich davon aus. – Mögen die Kunstrichter meine Fehler und Irrungen mit freundlicher Zurechtweisung andeuten, – mit Danke werde ich sie erkennen, und bey einem vielleicht folgenden Bändchen benutzen.

Einige Ausdrücke im dramatisirten Schneewittchen, wie Teufel u.d. gl. fielen mir erst nach dem Drucke auf, indem ich sie bisher ihrer Natürlichkeit halber bey den rohen Karakteren der Personen, welchen sie in den Mund gelegt sind, übersah. Auch das Lied von Vater, Sohn und Geist, das dem wiedererweckten Schneewittchen in den

Mund gelegt ist, gehört in kein Mährchen. Ich bitte diese Mängel zu verbessern vor der Mittheilung an Kinder. Eben so bitte ich um Entschuldigung mehrerer mit eingelaufenen kleinen Orthographie und Interpunctionsfehler, die meiner Abwesenheit vom Druckorte zuzuschreiben sind, So wie auch die bedeutendern: S. 21, Zeile 2 von unten, wo es sieh statt sich, und S. 106, Z. 7–8 v. oben, wo es Wohnung statt Nahrung heissen sollte; S. 117, Z. 8 v.o. muß es statt wuchsen h. wüchsen, u.S. 131, Z. 8 v. u. st. auch lese man doch.

Das Mährchen vom Schneewittchen ist nach einem unter mancherley starken Abweichungen bekannten Volksmährchen dieses Namens, aber nach eigener Umformung bearbeitet. So auch das zweyte »Hanns Dudeldee«. Ob sie durch meine Bearbeitung gewonnen haben, darüber steht das Urtheil nicht mir zu. Die Fabeln »von treuer Freundschaft«, »der zornige Löwe« und einige des Anhangs »No. VII, kleinere Mährchen, Fabeln und Parabeln« sind nach Pilpai's oder Bidpai's (Bilbao's, wie es in der von mir benutzten Ausgabe einer Uebersetzung, wenn ich nicht irre, von 1538, heißt,) Unterweisung der alten weisen Meister. Die »drey Königssöhne« sind durch eine Erinnerung an ein ähnliches Volksmährchen veranlaßt; »die drey Königstöchter oder der Stein Opal« und die Mährchen und Parabeln des Anhangs gehören mir ganz an.

So nehmt sie denn hin, diese Blätter, meiner Muse Frucht, meiner Muse Schooskind, und nochmahls: möge es Euch willkommen seyn!

Weinheim an der Bergstrasse, im Herbstmonat 1808.

A.L. Grimm.

I. Schneewittchen,
ein Mährchen.

Schneewittchen. (Albert Ludewig Grimm: Kindermährchen)

Personen.

Der König.

Die Königinn.

Schneewittchen, des Königs rechte Tochter, der Königinn Stieftochter.

Adelheide, der Königinn rechte Tochter, des Königs Stieftochter.

Franz und Peter, Jäger.

Minister und Räthe.

Gärtner.

Zwey Diener.

Zwergenkönig nebst sechs andern Zwergen.

Drey Genien.

I. Akt.

(Zimmer im Pallast.)

König *und* Königinn.

Königinn.

Ja, ja, mein König, mein Gemahl,
Verschwiegen hätt' ich's Euch so gern,
Wie Eure Tochter schon so früh
Vom Weg des Guten abgekommen,
Um Euch den Kummer zu ersparen.
Doch ärger wird's mit jedem Tag.
Ihr müßt recht ernstlich sie bestrafen.

Denkt nur, ein Beyspiel will ich Euch
Erzählen, das mir ihre Bosheit
Recht offenbarte.

König.

Ach mein Kind!

Königinn.

Ja wohl, es schmerzt mich auch, daß sie
Den besten Vater also kränkt.
Denn höret, wie sie gottlos ist:
Im Garten ging ich heute früh,
Und als ich um die Ecke dort
Nach jener dunkeln Laube bog,
In der wir noch vor wenig Tagen
Jüngst Euern Namenstag begangen,
Da seh' ich noch Schneewittchen springen
Und seh' am Boden etwas liegen.
Doch als ich näher kam, so lagen
Die schönen Blumentöpfe all'
Zertrümmert da, und all die Blumen
Geknickt, die wir an jenem Tag'
Für Euch dort aufgestellt, und die
Euch, wie ihr sagt, so sehr gefreut.

König.

O, kann denn so ein boshaft Herz
In einer solchen Schönheit wohnen?

Königinn.

Das ist ihr Unglück eben, daß
Sie solche außerordentliche,
So wunderbare Schönheit hat.
Denn von der Wiege an schon hat

Ihr alle Welt geschmeichelt, und
So ward ihr Sinn schon früh verkehrt.
Die Eitelkeit wuchs immer mehr,
Und weil Ihr jüngst, nach meinem Rath,
Sie schmältet, sinnt sie schon auf Rache.

König.

Doch wär' es möglich, daß sie nur
Den äußern Schein hat gegen sich.
Ein And'rer hat vielleicht die That,
Die uns von ihr zu kommen scheint,
Aus böser Neigung gegen mich
Verübet; oder wenn mein Kind,
Schneewittchen, sie beging, so that
Sie es nicht just aus bösem Sinn,
Vielleicht mit unvorsicht'ger Hand.

Königinn.

Ja, ja, beschönigt nur die That!
So wird sie selber sagen, wenn
Ihr sie darob befragt.

König.

Ich will
Sie selbst einmahl darum befragen.
Man bringe sie zu mir.

Königinn.

Sie sitzt
Bey meiner Tochter Adelheid.
Zwar ungern lass' ich sie bey ihr,
Weil man im Sprichwort sagt: Es steckt
Ein fauler Apfel nur die guten,
Gesunden Äpfel an; nicht aber

Im Gegentheil; ein frischer Apfel
Macht nie den faulen mehr gesund.
Und doch lass' ich sie oft bei ihr,
Denn nicht als Stiefkind halt ich sie;
Noch mehr beynah thu' ich an ihr,
Als ich an meiner Tochter thu'.

(Im Abgehen.)

Ich will sie gleich herunter schicken.

(ab.)

König
allein.

   O, Kind, was machst du mir für Jammer!
Ich liebe dich so sehr; du warst
So theuer meinem freudenleeren,
Gepreßten Herzen! – Ach und sollt'
Ich solches Herzeleid an dir
Erleben, daß du boshaft wärst? –
Und doch? – kaum kann ich solches glauben,
Wenn ich sie sehe, diese Züge,
So ähnlich ihrer sel'gen Mutter

Schneewittchen
kommt zur Thüre herein.

König.

   Dort kommt sie jetzt! – Wie sich mein Herz
Bewegt – wie es so rasch dem guten,
Geliebten Bild entgegenstrebt.
O nein! Der Engel hat kein Falsch.
Mein Kind!

Schneewittchen.

Mein Vater?

König.

Sprich, wie geht dir's?

Schneewittchen.
an seinem Halse.

   O, lieber Vater, mir geht's gut,
Ich war auch heute schon im – –

König.

Nun?
Was stockst du? warum schweigst du denn
So plötzlich still.

Schneewittchen.

Im Garten war ich,
Und hab' dir einen Rosenstock
Gepflanzet. – Ach! –

König.

Was ist denn das?
Was seufzest du denn so, mein Kind?

Schneewittchen.

   Ach, Vater – ach – im Garten ist –
Ich habe – ach, ich war –

König.

Nun, nun?
Was sprichst du denn nicht g'rad heraus?

14

Schneewittchen.

Ich will dir's sagen, wenn du mir
Versprichst, nicht bös' zu seyn, darum.

König.

Wenn es nichts Böses ist, mein Kind,
So will –

Schneewittchen.

Ach nein, aus bösem Willen
Geschah es nicht, mein Vater, nein!
Ich war im Garten diesen Morgen,
Da wurden deine Lieblingsblumen
Aus Unvorsichtigkeit, mein Vater,
Aus bloßer Unbedachtsamkeit
Vom Brett herabgeworfen.

König.

Nun,
Das weiß ich schon, und der Verdacht
Ruht ganz auf dir, du hättest es
Mit Fleiß gethan.

Schneewittchen.

Ich hätt's gethan?
Mit Fleiß? Ach nein, es war allein
Aus Ungeschick, aus Unbedacht.

Königinn *kommt mit* Adelheid.

Königinn.

Nun? mein Gemahl?

König.

Sie that es blos
Aus Ungeschick, aus Unbedacht.

Königinn.

Was? Unbedacht? das mache mir
Nicht weiß, Schneewittchen! denn ein Brett
Mit vier und zwanzig Blumentöpfen,
Das noch dazu so sicher stand,
Aus bloßer Ungeschicklichkeit
Auf einmahl umzuwerfen, sieh,
Das ist unmöglich; und dazu
Bist du doch sonst stets so geschickt!
Ey, ey, Schneewittchen!

König.

O, mein Kind,
Schneewittchen, warum bist du nicht
Aufrichtig, wie du ehmahls warst?

Königinn.

So sprich, was du dagegen weißt.

Schneewittchen
dem König und der Königinn um den Hals fallend.

O Mutter, – Vater, – lasset dieß,
Und fraget mich nicht weiter mehr,
Nur glaubt's mir, daß ich schuldlos bin.
Ich bin's, wahrhaftig! ja ich bin's.

König.
zur Königinn.

So lassen wir's?

Königinn.

Was? lassen? jetzt?
Da sie dazu noch fälschlich schwört?
Ey, ey, das Schwören kömmt dir ja
So gar zu leicht!

Schneewittchen.

Es fällt mir leicht,
Wenn ich mich wirklich schuldlos weiß.
– O, glaub es Vater, sieh ich bin
Im Innern auch so rein, und mein
Gewissen ist so weiß, als meine
Schneeweiße Haut.

Adelheid.

Ey, ey, du thust
Auch gar zu dick mit deiner Haut,
Als gäb' es niemand mehr, der auch
So eine weiße hätt', als du.

Schneewittchen.

So, Adelheid? vergiltst du so?

Königinn.

Ja, ja, die Adelheid hat recht.
Du bist ein eingebildet Ding,
Ein naseweises eitel Kind,
Das nur mit äuß'rer Schönheit prunkt.

zum König.

Da seht Ihr's nun, mein Herr Gemahl,
Wie tief sie schon gesunken ist.
Zuerst begeht sie Fehler, und
Mit Vorsatz; läugnet diese dann,
Und prahlt, und ist noch stolz sogar
Mit ihrer weißen Haut, und meynt,
Um dieser willen sollte man
Die Bosheit gar am Ende ihr
Noch übersehn!

König.

Ey, pfuy, mein Kind!

Schneewittchen.

O, mein geliebter Vater! nein
Gewiß, gewiß bin ich unschuldig.

Diener.
tritt auf.

Der Gärtner Ihro Majestät
Ist da; er bittet um Gehör.

Adelheid.

Mir wird so übel, liebe Mutter,
O, laß mich auf mein Zimmer bringen.

König.

Dort auf den Sopha setze dich,
Du liebe Adelheid.

Adelheid.

O nein!

Will h'nauf nach meinem Zimmer gehn.

König.

Nein, nein, mein Kind, du scheinest mir
Zu sehr erhitzt, die Wangen glüh'n
Dir ja wie Kohlen, darum halt
Dich ruhig.

Er führt sie hin.

Diener.

Soll der Gärtner denn
Herein? Befehlen's Ihro Majestät?

König.

So bring ihn denn.

Diener
ab.

Adelheid.

O Mutter, Mutter,
Ach! mir wird gar zu weh.

Schneewittchen
hält ihr das Haupt.

Wie ist's?

Adelheid
windet sich los.

Geh, laß mich, laß mich, daß du nicht
Die schöne weiße Haut verdirbst.

19

Königinn.

Es wär' ja gar zu Schad' dafür.

Sie ist mit Adelheid beschäftigt, hört aber auf alles.

Gärtner.
tritt ein.

Ihr' Majestät, ein Unglück ist
Mir heut' an Dero Lieblingsblumen
Gescheh'n; doch ohne meine Schuld.

König.

Gut, alter Jakob, gut. Ich weiß
Es schon. Ich wollte nur, du wärst
Es, der es that, gern wollt'
Ich dir verzeyhen.

Gärtner.

Nein, bey Gott!
Das wollt' ich nicht! 's ist aber doch
Bey meiner Treu nicht schön für 'ne
Prinzessinn. Wär's denn nur Gott'swill',
Und war's aus Unglück g'scheh'n! doch so!
Denn anders kann ich's wohl nicht heißen,
Als bösen, bitterbösen Muthwill'.

Königinn.

Siehst du, Schneewittchen? hörst du nun?
Von s o l c h e n Leuten mußt du dir
Jetzt schon so was gefallen lassen.

Gärtner.

Ey? was? o nein, Schneewittchen nicht.
Der Engel? Nein! bei Gott, auf Händen
Sollt' man ihn tragen. – Ja werd' mir
Nur roth! – Mein Gott ich alter Narr!
Verzeihen Sie mir nur, ich meyn'
Halt, wenn ich so den Engel seh',
Ich müßt' ihn dutzen, wie mein leiblich,
Mein eigen Kind. – Nein sie ist's nicht!
Die andere, die größre ist's,
Prinzessin Adelheide war's.

König.

O Gott, ich athme wieder frey.

Königinn.

Was, Adelheide? nein, das lügt
Ihr, alter Sünder! Nimmermehr!

Gärtner.

Ein alter Sünder bin ich, leider Gott!
Und Sünder sind wir Menschen all'.
Doch niemahl hab' ich Böses noch
'nem Menschen nachgeredet, sey's
Denn, daß ich ihn 'mit bessern konnt,
Und wenn es wirklich denn so war.
Drum sagt ich's jetzt auch grad' so 'raus.

Königinn.

Das müßt Ihr ihr beweisen können.

Adelheid.

Gehört? – beweisen sollt Ihr mir's!

Gärtner.

Beweisen? ja potz Blut! das hätt'
Ich schier vergessen.

Königinn.

Nun? wie steht's?

Gärtner.

Prinzessinn hier hab ich Ihr Strumpfband,
Das Sie im Laufen heut' verloren haben.

übergibt es ihr.

Wie Sie mich kommen hörten mit
Dem lieben Engel dort.

Adelheid *läuft ab, die* Königinn *ihr nach.*

König.

So wärst
Du schuldlos denn? Warum verhehltest
Du aber Adelheidens That.

Schneewittchen.

Ich sah die Blumentöpfe liegen,
Und lief ihr nach, und hohlt' sie ein.
Da fiel sie mir um meinen Hals,
Und weinte bitterlich, und bat,
Ich sollt' es doch nicht sagen, denn
Unmuthig seye sie gewesen,
Und habe nicht bedacht, was sie gethan.
Nun es geschehn sey, reue sie's.
Und ich versprach's ihr, nichts zu sagen,

Denn, dacht ich da, wer weiß, was ihr
Begegnet ist.

König.

Und den Verdacht
Nahmst du auf dich? – O Engel, komm,
Komm an mein Herz.

Schneewittchen.
auf seinem Schooße.

Mein lieber Vater!

Gärtner.

Ja, ja, Ihr hohe Majestät,
Ein Engel Gottes ist das Kind,
Und Wunder müssen seinetwegen
In unserm Lande noch geschehen.

(Garten.)
(Abends, Mondschein.)

Königinn, Franz.

Königinn.

Nun, hast du mich verstanden, Franz?

Franz.

Ja, Ihro Majestät. Sobald
Schneewittchen diesen Abend in
Den Garten kommt, schleich ich mich gleich
Mit meinem Peter nach, und wenn
Sie recht im Spiel und im Gesang
Vertieft, vergessen da sitzt, brechen

Wir aus dem Hinterhalt hervor,
Und morgen bringen wir Euch denn,
Hochedle Frau, des Mädchens Herz.

Adelheid.
kommt gelaufen.

O, Mutter, Mutter, sieh, dort stehts!
Ach Gott es kommt schon auf mich dar.

Königinn.

Was ist dir, Adelheid? Warum
Verbirgst du so dein Angesicht?
Was ist's?

Adelheid.

Ach nichts, es war ein Traum!

Königinn.

Kind geh, und lege dich zur Ruh.

Adelheid.

Ich gehe schon. Gut Nacht!

geht.

Königinn.

Gut Nacht!

Adelheid
kommt wieder.

Denk, liebe Mutter, denke nur,

Mir träumt, ich sähe deine Hand
Vom Blute roth, und eine weiße
Furchtbare Frau nickt mir und sprach,
Ich wäre Schuld an deiner Sünde.
Gut Nacht.

ab.

Königinn.

Gut Nacht. Was war denn das?
Einfältig Mädchen! nicht wahr, Franz? – –
– Doch, Franz, mir fällt was anders ein. –
Komm hier herein, ich höre Tritte;
Schneewittchen kommt da schon gegangen.
Komm, laß uns diesen Weg einschlagen.
Hier will ich dir den Plan denn sagen.

Beyde ab.

Schneewittchen.

Ah, 's ist schön kühl und auch so hell,
Ich hab' doch halber Furcht; weiß nicht
Warum. Wär' heut so gern im Haus
Geblieben; doch der Vater will
Sein Leiblied hören. Wart' hier setz
Ich mich auf diese Bank. Von hier
Aus hört er's noch am besten drüben.

Präludirt auf der Cither.

He, Vater, hörst Du's auch da drüben?

König.
drüben aus dem Fenster.

Ja ja, mein Kind, recht hell und voll

Trägt mir die Luft die Töne 'rüber.

Schneewittchen.
spielt und singt dazu.

Sonne ist hinab gegangen,
Goldne Sterne sind gekommen,
Mond hat Strahlen angenommen,
Scheinet mir auf meine Wangen.

Lebet in mir still Verlangen;
Freude, die so schön entglommen,
Ach sie hat ein End' genommen,
Und mich quält ein leeres Bangen.

Tag hat sich der Erd entzogen,
Dunkle Nacht kam angeflogen;
Nacht ist trauerschwarz umgeben.

Mutter, weil du mir entschwunden,
Will mein Herz nicht mehr gesunden:
Nacht ist jetzt mein ganzes Leben.

Greift noch einige Akkorde.

König.
von drüben.

Recht schön! ich danke dir mein Kind.
Du hast mir ordentlich das Herz
Durch dieses schöne Lied erquickt.
Doch gute Nacht, mein Kind.

Schneewittchen.

Gut' Nacht.

für sich.

Ich bleibe noch und spiele noch,
Der Abend ist so gar zu schön.

spielt und singt.

Dort, über jenen Tannen,
Da stehn zwey goldene Stern'.
Der eine gehet von dannen,
Der andere hielt ihn so gern.

Dem König träumts so schwere
Wohl um die Mitternacht,
Als wollt sein liebes Töchterlein
Von hinnen ziehen bald.

»Ach, Tochter, liebe Tochter,
Was willst verlassen mich?«
»Herzlieber, lieber Vater.
Leb' wohl und weine nicht.«

»Ich wollt dich nicht verlassen,
Herzlieber Vater mein.
Mich reißt Gewalt von hinnen
Leb' wohl, o Vater mein!«

»Reißt dich Gewalt von hinnen,
Muß ich in Trauern stehn.
Wohl an dem frühen Morgen
Die Sterne all vergehn.«

Und als der König fraget,
»Wo ist mein Tochter, schön?«
Sein Stern war untergangen,
Die Tochter nicht zu sehn.

Die Tochter nicht zu finden,
Wohl über Berg und Thal.
Da liefen seine Thränen,

Ja Thränen allzumahl.

Dort, über jenen Tannen,
Da steht der Stern allein;
Der eine ging von dannen,
Und kehret nimmer heim.

Wohl in der stillen Laube
Der König sitzt allein – –

Franz *und* Peter
fallen über Schneewittchen her und führen sie weg.

Schneewittchen.

Ey, böser Mann, was habt ihr mich
Erschreckt? was wollt ihr denn mit mir?
Was fällt euch ein? O laßt mich los!

Franz.

Mordkerl! Peter! stopf ihr ein Tuch in's Maul! Sie schreyt uns ja sonst, und drüben im Schloß' regt sich's noch.

Peter
thut's, Schneewittchen *sträubt sich. Sie reißen sie mit Gewalt nach.*

Ja stell dich nur, wir bringen dich doch fort.

ab.

Der König.

Ich hab ein Lärmen da gehört; –
Es ist doch nichts, denn alles ist
Ja ruhig hier. – Schneewittchen, scheints,
Ist weggegangen. – Ach, ich weiß
Nicht, wie mir ist. Mir dünket alles

So traurig. Bang, beklommen schlägt
Das Herz mir, und die Augen stehn
Mir schon den ganzen Tag voll Thränen,
Als müßt ich weinen, und ich weiß
Doch nicht warum. Soll's Ahnung seyn?
So muß ein großes Unglück mir
Bevorstehn. Doch was es auch sey,
Ich will es tragen. Bin ich nicht
Schon überschwenglich durch mein Kind
Gesegnet, das so engelfromm,
Als hätte es der Himmel mir
Geschenkt? – Doch spät schon däucht es mir.
Muß doch hineingehn jetzt, denn Morgen
Gibt's wieder viele hundert Sorgen,
Die meines Staates Wohl bezwecken,
Und früh mich aus dem Schlummer wecken.

geht ab.

(Wald.)
(Mitternacht.)

Schneewittchen, Franz, Peter
ruhend.

Peter.

Wo sollen wir sie denn eigentlich hin bringen? Auf den gläsernen Berg? Dafür bedank
ich mich; der ist gar glatt. Da ist mir meine Nase viel zu lieb. Und wer weiß dann auch,
wer auf dem Berg haus't. Man könnte am Ende uns selbst für den Braten ansehen, den
sie da kriegen sollen.

Franz.

Da könntest du's auch oft versuchen, bis es dir einmahl glückte, hinauf zu kommen.
Den haben wohl schon viele ersteigen wollen, wenn sie aber ein Paar Schritte hinauf
kamen, so mußten sie gewöhnlich wieder Extrapost auf Händen und Füßen hinter sich
herunter fahren.

Peter.

Wer wohnt denn drauf?

Franz.

Man weiß es nicht bestimmt. Es sollen sieben Zwerge droben wohnen, ob's aber gute oder böse Geister sind, das weiß man nicht. Sie sollen aber ausserordentlich mächtig seyn, und deswegen hat jedermann ungeheuern Respekt vor ihnen.

Schneewittchen
mit gebundenen Händen und verstopftem Munde fällt vor ihnen auf die Kniee.

Sieh, sieh, Peter! mach' ihr doch das Tuch einmahl los, daß sie sagen kann, was sie will.

Peter
indem er das Tuch abbindet.

's ist mein Seel Schad' um sie, es ist ein schmuckes Mädel.

Schneewittchen.

O Peter, habt Barmherzigkeit;
Laßt mir das Tuch doch von dem Mund,
Denn ich ersticke sonst.

Franz.

Ja; wenn
Du aber schreyst, bist du des Todes.
Sieh, dieß Jagdmesser stoß ich dir
Beym ersten Laute durch dein Herz.

Schneewittchen.

Gewähret mir nur eine Bitte;
Sagt, wo ihr mich hinbringen wollt.

Franz.

Deine Stiefmutter trugs uns auf, wir sollten dich dort, wo der Wald noch dichter ist als hier, in den Brunnen werfen, der der Zwergenbrunnen heißt.

Schneewittchen
weint.

Was hab ich ihr denn gethan? ach warum soll ich denn so unschuldig sterben? Hab ja nichts Böses gethan. Warum führt man mich heimlich fort?

Peter.

's ist wahr, 's ist Schad' fürs Kind. Hör' Franz –

Franz.

Pfuy! schämst dich nicht? Weils Mädel ein wenig flennt, willst gleich schon Mitleid mit ihr haben! Was ist darnach! 's ist's Erste nicht, das wir unsrer Herrschaft, der Königinn, von der Art thun.

Peter.

Aber so ein junges Blut, so unschuldig.

Schneewittchen.

O Franz, habt Mitleid! will auch alle Tage für Euch beten.

Franz.

Ey was, brauch dein Gebet nicht. Deine Stiefmutter zahlt besser, mit klingender Münze. Das kann ich besser brauchen. – Was Teufel! was kommt dort durch den Wald her mit Fakeln?

Peter.

Mein Seel! *springt auf* jetzt Franz, jetzt gilts.

Franz.

Was ist's? – So schlagen alle Wetter drein, es sind die sieben Zwerge.

Peter
springt fort.

Ich lauf'.

Franz.

Ich bleibe auch nicht länger. Verwettert! müssen die grad kommen? – Schneewittchen,
gib mir ein Stück von deinem Kleid.

Schneewittchen.

Wozu? ach Gott, warum? – Was willst –

Franz
reißt ihr ein Stück los.

Nur her.

läuft ab.

Schneewittchen.

Ach böse Mutter, du, wie viel
Hast du mir Böses angethan,
Und wie viel Böses meinem Vater?
Nun mußt du gar mich von ihm trennen.
Mein Leben wolltest du mir nehmen.
Ach, gerne hätt' ich's ja gelassen,
Wenn es dich glücklich machen würde
Und auch den besten Vater, der
Mir so viel Gutes that, der mich
So lieb hat; o wie wird er jammern,
Wenn er mich nicht mehr finden wird.

O, Vater, Vater! wer wird dir
Dein Lieblingslied jetzt spielen? wer
Mit dir von meiner ersten, guten,
Verstorb'nen Mutter reden? wer
Die Falten dir von deiner Stirne
Wegküssen? – ach mein Vater, Vater!

Weint heftig.

Was wird aus mir jetzt werden, ach,
Da kommen nun die sieben Zwerge,
Und ich kann nicht weiter mehr kommen;
Hab mir die Füße wund gelaufen.

(Pallast.)

Zwey Diener
stellen Stühle zu rechte.

Erster Diener.

Bald schnür' ich meinen Ranzen und laufe, so weit mich meine Füße tragen.

Zweyter Diener.

's ist, meiner Treu! auch zu arg.

Erster Diener.

Es wird mir leid thun, unsern guten Herrn zu verlassen, aber die Frau Königinn, die macht's doch auch gar zu arg.

Zweyter Diener.

Man meynt, es sey ein Stück vom Teufel im Hause, seit die hier ist. Da war doch die vorige Königinn eine ganz andre Herrschaft.

Erster Diener.

Das weiß Gott. Aber die – Ey: »Ich wollte lieber bey einem Drachen wohnen, als bey einem bösen Weibe.« Sieh, das steht in der Bibel und das fällt mir halt immer ein, wenn ich an sie denke.

Zweyter Diener.

Die vorige war ein wahrer Engel, aber das schöne Schneewittchen wird gerade so.

Erster Diener.

Potz! da fällt mir ein, man weiß heute nicht, wo es hingekommen ist. Ihre Amme sucht sie schon seit Sonnenaufgang.

Zweyter Diener.

Was? – O hör', wenn das ist, weiß ich nicht, was ich denken soll. Ich hab' so meine Vermuthung darüber. Die Königinn war ihr immer aufsäßig; weißt du? –

Erster Diener.

Du hast Recht. Das wär' aber doch ganz abscheulich.

Zweyter Diener.

Weiß es der König schon?

Erster Diener.

Ach Gott, der gute Herr dauert mich nur. Nein, ich glaube, nicht.

Zweyter Diener.

Dort kommt er.

Erster Diener.

Komm, wir gehen.

geht.

Zweyter Diener.

Muß erst noch fragen, ob die Majestät nichts zu befehlen hat.

König
kommt.

Gut'n Morgen Jak.

Jak.

Befiehlt mein König
Etwas?

König.

Ja, gehe hin und rufe
Schneewittchen, sie soll zu mir k o m m e n.

Jak.
ab.

König.

Das liebe Kind! heut blieb es aus.
Sonst bringt es mir doch jedesmahl
Den Morgengruß. Ich hab ihm hier
Zwey neue, goldne Ohrgehänge,
Armspangen und ein gülden Kreuz,
Mit edelm Diamant besetzt,
Und einen reichen Fingerring,
Den Trauring ihrer seel'gen Mutter.
Den soll es mir von nun an tragen.
Wie wird es sich darüber freuen.
Ach, es verdient die Freude wohl,
Es macht ja mir auch viele Freude,

Und nun, bey ihrer zweyten Mutter
Hat's eben nicht die besten Tage.

Amme Schneewittchens.

Ihr' Majestät –

König.

Was giebt's? Schneewittchen
Ist doch nicht krank geworden?

Amme.

Es ist mir bang, Ihr' Majestät; denn gestern war mir nicht ganz wohl; ich legte mich
bey Zeit, doch Schneewittchen sagte, sie solle Ihro Majestät noch im Garten Dero
Lieblingslied spielen, und diesen Morgen, wie ich, sie zu wecken, an ihr Bettchen kam,
weil sie mir über die gewöhnliche Zeit liegen blieb, da war es noch frisch geschüttelt,
und Schneewittchen laß ich suchen überall, und suche selbst im ganzen Schloß, im
Garten, aber nirgends kann ich es erfragen.

König.

Schneewittchen fort? – was – hör' ich recht?

Amme.

Es ist nicht anders, Ihro Majestät,
Doch hoffen wir sie noch zu finden.

König.

O Gott, bin ich zum Kummer nur allein
Auf diese Welt gebohren worden?
Mein Kind, mein einzig frommes Kind
Ist fort! – o saget, fand man keine –
Gar keine Spur? Sind Boten fort?
Nach allen Seiten schicke man.

Amme.

Es ist geschehn; acht Boten sandt'
Ich aus; sechs kamen schon zurück,
Ganz hoffnungslos und ohne Spur.

König.

Mein Kind! mein einziges geliebtes,
Geliebtes Kind! O wärst du nicht
So schön, so fromm, ich würde dich
Viel eher dann noch missen können –
Das beste Kleinod meines Reichs
Ist mir mit dir dahin gegangen.

Amme.

O, Majestät! ich will zwar schweigen.
Doch so viel muß ich Euch nur sagen:
Es gibt gar böse Leute jetzt
In Eurem eig'nen Schlosse hier.

König.

Mein Kind, mein Kind!

Jak
kommt.

Zwey Männer sind
Im Vorsaal, bitten um Gehör.

König.

Nichts ist mir wichtig mehr, ich kann
Jetzt nichts mehr hören.

Jak.

Doch, mein Herr,
Sie bringen Nachricht von Schneewittchen.

König.

Wie? von Schneewittchen? eilig sollen
Sie kommen; bring sie schnell herein.

Jak
ab.

König.

So lebt sie doch, ist nicht auf immer
Entrissen meinem Vaterherzen.

Amme.

Gott Lob und Dank! ich hatt mir schon
Das Allerärgste vorgestellt.

Franz *und* Peter
kommen.

König.

O, Himmelsboten, seyd mir beyde
Willkommen! sprecht, wo lebt es nun,
Das liebe Kind? – –

Franz *und* Peter
schweigen.

Was schweigt ihr denn?
Ihr seht mir ernst, unruhig, aus.
O, Gott, mir ahn't nichts Gutes! – Sprecht,
Was bringet ihr für Botschaft denn?

Franz.

Wir gingen heut, wie's halt Gebrauch,
Bey uns Waydmännern ist, noch vor
Der Morgendämm'rung in den Forst
'nen schönen Sechzehnender zu
Erjagen. Wie ich dann beym Brunnen
Dort steh' wohin mich seine Färthe,
Die ich verfolget, hingelockt, –

König.

Ich steh' auf Kohlen; macht doch schnell!

Franz.

Nun ja, da hör ich ein Geschrey,
Ich eile hin, und seh' wie eben
Zwey Wölf' an einem Mädchen fressen;
Die Beine waren weggefressen,
Und eben –

König.

Ach! und dieses war
Schneewittchen?

Franz.

Laut rief es mir zu,
Ich sollte doch schnell fliehen vor
Den Wölfen, daß sie mich nicht auch
Zerrissen.

König.

Ja, das war sie, noch
Im Tod' um and'rer Wohl besorgt.

Und ihr? ihr lieft? ihr feiger Mann!

Franz.

  Ich lief nicht, nein, ich blieb. Verdammt
Mich nicht, mein König, vor der Zeit.
Ich schoß, allein ich streifte nur
Den einen, und dem andern schoß
Ich mit derselben Kugel sein
Ohrläppchen durch. Da rannt' er auf
Mich dar. Mit knapper Noth entrann
Ich. Als ich drauf mit frisch gelad'nem
Gewehr zurücke kehrte, waren
Die Wölfe mit dem Kind verschwunden.
Ob sie es aufgefressen, weiß
Ich nicht, nur dieses Stückchen fand
Ich noch von seinem Rocke dort.

bringt es hervor.

Amme.

  Das ist ein Stück von ihrem Kleid,
Das sie noch gestern angehabt

Königinn, Adelheid
kommen eilend.

Königinn.

  Ist's wahr, was mir der Diener sagt?
Schneewittchen sey –

Amme.

Ihr seht es wohl,
Hochedle Frau! Von Wölfen wurde
Das gute Kind zerrissen; hier

Ist noch ein Stück von ihrem Kleid,

Königinn.

Ganz von mir bin ich, Herr Gemahl,
Schneewittchen todt? ich kann's nicht fassen.

Adelheide.

's ist Schad' um die schneeweiße Haut.

Königinn.

O sagt, aus Eurem Munde muß
Ich's hören, todt ist euer Kind?

König.

Ist tod!

mit tiefem Schmerz.

Königinn.

Der Schrecken greift mich an; –
Ich weiß mir gar nicht mehr zu helfen, –
Mein Schmerz ist groß, ich kann noch gar
Nicht weinen. – Könnt' ich nur erst Thränen
Hervor aus meinen Augen bringen,
Daß sie mein Herz erleichterten.

Adelheide.

Ja es ist traurig, ja ich kann
Auch noch nicht weinen, lieber Vater!

II. Akt.

(Auf dem gläsernen Berge Zimmer im Schlosse der Zwerge.)

Schneewittchen *und* Königinn
verzaubert in eine andere schöne Frau.

Schneewittchen.

Ja, seht, so fanden mich die Zwerge.
Und nahmen mich mit sich hieher.
Ich war ein Kind noch dazumahl,
Kaum zehn, eilf Jahre hatt' ich erst.
Jetzt bin ich sechszehn nächstens alt.

Königinn.

Und seitdem lebtet Ihr nun hier?

Schneewittchen.

Nicht einen Schritt setzt' ich hinab.
Ich weiß gar nicht mehr wie es wohl
In einem Land aussehen mag,
Wo nicht das Land von Glase ist.

Königinn.

Ging's Euch denn gut hier auf dem Berg,
Und sehntet Ihr Euch nie zurück?

Schneewittchen.

Was man zum Glück des Lebens nur
Kann zählen, hatte ich auch stets
In vollem Maaße. Aber doch,
Wenn ich so manchmal Abends ganz
Allein hier in dem Garten saß,

Hinüber nach den Bergen sah,
Die von der Abendsonne roth
Beschienen standen, dann erwachten
In meinem Herzen bald auf's neu
Die Bilder der Vergangenheit,
Die mir Erinn'rung hold und schön
Zurücke rief. Im Geiste sah
Ich noch die wohlbekannten Säle,
Das hohe Schloß, die breiten Stufen,
Den frischen Brunnen in dem Hofe,
Den schönen Garten, und die hohen
Belaubten Gänge; sah die stillen
Verschwieg'nen Lauben, und die kühlen
Verborg'nen Grotten, und den See,
Worin des Himmels Bild sich spiegelt,
Den ich so oft im Kahn durchschnitt.
Und immer schwoll das Herz mir auf
Bey diesen wohlbekannten Bildern,
Und ein geheimes Heimweh lebte
Mir dann in meinem Busen auf.

Königinn.

Gern will ich edle Jungfrau Euch
Dieß glauben, denn die Heimath zieht
Den Menschen immer freundlich an.
Kein Land bedünket uns so schön,
Ja, milder scheinet uns die Sonne
An keinem Orte; frischer grünt
Uns keine Au', kein Wasser rauscht
So lieblich, als der Heimath Quell.

Schneewittchen.

Doch kommt der stille Mond herauf
Und scheinet durch die grünen Zweige,
Und denk' ich jener jammervollen
Verwünschten Nacht, die mich vom Herzen

Des besten aller Väter riß;
Dann wandelt dieses Heimweh sich
In bange Schwermuth, tiefe Trauer;
Ich sehe ihn dann, wie er sich
Um sein verlornes Kind abhärmt.

Königinn.

Doch nahet ja nun bald die Zeit,
Da Ihr mit jenem schönen Prinzen,
Wie ich gehört, vermählet werdet,
Deß Reich an Euers Vaters Reich
Angränzet. Niemand weiß es noch,
Daß Ihr es seyd, man sagte nur:
Er werde nächstens nun mit einer
Sehr schönen Jungfrau sich vermählen,
Die hier auf diesem Berge wohne.

Schneewittchen.

Ja bald, und dann kann ich ja auch
Den armen Vater wieder trösten.

Königinn.

Wie freu' ich mich, daß Euch dieß Glück
Vergönnt wird.

Schneewittchen.

O, Ihr seyd sehr gut!

Königinn
bringt einige Feigen heraus.

Ich muß es Euch nur eingestehn,
Ich bin vom schönen Prinzen her
Zu Euch gesandt. Hier schickt er Euch

Ein Obst, das Ihr wohl schwerlich, seit
Ihr hier auf diesem Berge wohnt,
Gekostet habt.

Schneewittchen.

Ey schöne Feigen,
Wie sie in Vaters Garten wachsen.

Königinn.

Versuchet nur die edle Frucht,
Sie ist so lieblich wohl als jene.

Schneewittchen
ißt eine Feige.

Wie gut! als wären sie gereifet
An den Geländen unsers Gartens.

Königinn.

Mich freut's, wenn sie Euch nur behagen,
Prinzessin. Nehmt auch diese noch.

Schneewittchen
ißt noch eine.

Was ist denn das? Ich seh' nichts mehr!
Mir ist so matt, – mich brennt so sehr.

Königinn.

Geht, leget Euch auf Euer Bett.
Vielleicht wird's dort ein wenig besser.

Schneewittchen
ab.

Königinn.

Ja geh' nur hin, dir wird wohl besser,
So daß dir nimmer wehe wird.
Gesalzen hatt' ich dir die Früchte
Mit scharfem Gifte. Dieses wird
Schon kräftig bei dir Wirkung thun.
Ja ja, du eitles Mädchen, nun
Ist es mit deiner Schönheit aus.
Das hast du schwerlich dir gedacht,
Daß ich Stiefmutter dich auf diesem
Fast unbesteiglich glatten Berge
Besuchen würde. Pure Lieb'
Hat mich zu dir heraufgetrieben;
(Die Liebe ist ja stärker als der Tod)
Doch nicht die Lieb' zu dir, mein Kind;
Nein, Liebe nur zu Adelheiden.
Sie soll es seyn, die jenen Prinzen,
Den man den Schönen nennet, zum
Gemahl bekommt. Nun, da ich dich
Erst aus dem Wege hab', nun ist's
Ein leichtes mir. Die Zauberinn.
Die mir das Mittel angezeigt,
Daß ich mit Pech die Schuhe mir
Bestrich, und so den Berg erstieg,
Den gläsernen, die soll mir nun
Auch weiter helfen.
Doch ich muß
Nur gehen, denn die Stunde ist
Vorbey. Sonst könnten mich die Zwerge
Noch hier antreffen, was mir doch
Im Grunde just erwünscht nicht wär'.

ab.

Schneewittchen
kommt zurück.

O Schmerzen, Schmerzen ohne Ende!
Ha, lauter Kohlen brennen mich
In meinen Därmen. Wehe, weh!
Mit Messern schneidet mich's im Leib.
O, Zwergenkönig Katalum!

Sinkt todt nieder.

Der Zwergenkönig.

Was rufst du mir?

Sieht in den Zauberspiegel.

Du bist vergiftet?
Ich seh' es hier in meinem Spiegel.
Erwecken will ich dich gleich wieder.

Betet.

König bin ich zwar, doch grösser
Bist du, Vater aller Leben.
Wundervolle Kräfte hast du
Mir in meine Händ' gegeben.
Brauch' ich sie zu guten Zwecken,
Hast du Wirkung mir verheisen;
Laß es mir diesmahl gelingen,
Wolle mir doch Huld erweisen:
Schicke mir die starken Geister!
Amen, amen, grosser Meister,

Beschwört:

Starke Geister,
Hört den Meister!
Steiget aus der Erde Tiefe,
Hängt um euch des Lebens Eimer.
Starke Geister,

Hört den Meister!
Bringt Schneewittchen neues Leben.
Bringt es mit euch aus der Tiefe.
In der Tiefe wohnt das Leben.
Aus der Tiefe kommen Quellen,
Aus der Tiefe keimen Pflanzen,
Bäume saugen aus der Erde
Grauen Tiefe neues Leben;
Stimmen kommen aus der Tiefe;
In der Tiefe wohnen Geister.
Heimlich ruhet in der Tiefe
Eine neue Welt voll Wunder.
Leben wohnet in der Tiefe.
Bringet mit des Lebens Eimer.
Hört, ich ruf' zum lezten Mahle:
Starke Geister,
Hört den Meister!

Er schlägt drey Mahl mit seinem Stäbchen auf die Erde.

Stimmen
aus der Tiefe.

Wer rufet?

Zwergenkönig.

Katalum, der Meister!

Stimmen
aus der Tiefe.

Was sollen wir bey dir, o Herr?

Zwergenkönig.

Schneewittchen neues Leben bringen.

Drey Genien
erscheinen, umgehen Schneewittchen drey Mahl,
besprengen sie aus einer Urne, und verschwinden.

Schneewittchen
richtet sich auf.

Wo bin ich?

Zwergenkönig.

Todt bist du gewesen,
     Ich habe dich durch Geistermach
Ins Leben wieder rückgerufen.

Schneewittchen.

    Ich war in wundervollen Auen,
Durch goldne Thore ging ich ein;
Die Sterne konnt ich um mich schauen,
Die wirbelnd sich im Tanze reihn.
Den Himmel sah ich nicht, den blauen,
Nur Sternenglanz und Sonnenschein.
Gleich Stimmen aus der Engel Chore,
Drang Wohllaut mir zu meinem Ohre.

    Von Engeln sah ich mich umflogen,
Und wallend durch ein Blumenmeer
Und rings um diese Auen zogen
Sich Regenbogenfarben her.
Die Brunnen sprangen hoch im Bogen,
Und streuten Kühle um mich her,
Sie wölbten sich zu hohen Gängen,
Durchrauscht von wundervollen Klängen.

    In Klang und Farben war ein Streben:
In Farben regte sich Getön',
Und zarter Klänge sanftes Leben

Strebt' sich zur Farbe zu erhöh'n;
Und eins vom andern so umgeben,
War jedes immer doppelt schön.
Aus einer und derselben Quelle
Strömt' Wohllauts Klang und Farbenhelle.

Doch in der Mitte dieser Wonnen
Saß Herrlichkeit auf ihrem Thron;
Umkreiset von den ew'gen Sonnen
Saß Vater dort und Geist und Sohn,
Von hoher Würde ernst umsponnen,
Von milder Güte hell umzoh'n.
Da gingen alle jene Wunder
In diesem allerhöchsten unter.

Sechs Zwerge *bringen die* Königinn.

Einer.

Komm', komm'.

Ein anderer.

Nun, sträube dich nur nicht.

Zwergenkönig.

Was habt ihr hier mit diesem Weib?
Wer bringt denn die zu uns herauf,
Die kaum mehr würdig ist, daß sie
Die Gottessonne nur bescheint?

Einer der Zwerge.

Sie selber war so frech.

Ein anderer.

Betrug
Hat sie gebraucht, heraufzukommen,
Die Sohle sich mit Pech geschmiert.

Zwergenkönig
sieht in seinen Spiegel.

Du hast Schneewittchen mir vergiftet.

Königinn.

Ich? wie –

Zwergenkönig.

Ja du. Mein Spiegel trügt
Mich nicht. Du bist Schneewittchens böse
Stiefmutter.

Schneewittchen.

Was? ist meine Mutter?

Zwerchenkönig.

Dich decken deine Zaubermittel
Mir nicht. Ich seh' es wohl, wie du
Durch eine böse Feye dich
In diese Schönheit kleiden liessest.
Doch siehe, wie ich dich entlarve:

Rührt sie mit seinem Stab an.

»Was du gewesen, werde wieder!«

Königinn
steht in ihrer wahren Gestalt.

O, König! seyd barmherzig doch.

Zwergenkönig.

Auf, auf, ihr lieben Zwergen all!
Was Wichtig's will ich heut verrichten.
Schneewittchen nehmt, und dieses Weib,
Und führt sie durch die Luft mir nach.
Schneewittchen, heute sollst du noch
Zu deinem Vater wieder kommen,
Und ihr, o böses Weib, ihr werdet
Nun auch hinkommen, wo ihr hin
Gehört.

Königinn.

O habt Barmherzigkeit!

Zwergenkönig.

Nichts, nichts! so grosse Sünde darf
An dir nicht ungestrafet bleiben.

ab.

(Pallast.)

König.

Sechs Jahre sind es heute schon.
Mein Kummer, dacht' ich, sollte mich
So lange nicht mehr leben lassen.
Auf siebzig Jahre hab' ich's nun
Gebracht, und keine waren mir
So freudenleer, als diese lezten.
O, wär' es mir vergönnt, daß ich
Doch bald auch weggenommen würde,
Von dieser jammervollen Erde

Mein Kind, mein Kind! wie hatt' ich einst
Schon grosse Plane mir gemacht.

Diener
kommt.

Mein König, draussen harrt am Thor
Ein Männlein, klein ist's von Gestalt;
Kaum eine Elle ist es hoch,
'ne Krone trägt es auf dem Haupt,
'nen langen weissen Bart hat es,
Und trägt ein Stäblein in den Händen,
Das wunderbar ist anzuschauen.
Es spricht, es wolle Dir gar viel
Vergang'ne Ding' erklären, die
Dir noch bis jetzt verborgen wären.

König.

Bring' ihn herein.

Diener
ab.

König.

Begierig bin
Ich, ob er zu enthüllen weiß,
Was sich mit meinem lieben Kind
Schneewittchen zugetragen hat.

(Garten.)

Schneewittchen.

Hier war's, auf dieser Bank, wo ich
Zum lezten Mahle noch gesessen;
Wo ich zum lezten Mahle ihm

In stiller Nacht ein Lied gespielt.
Hier will ich auch zum ersten Mahl
Ihn wieder und das Vaterhaus
Begrüssen. Komm', o meine Cyther.
Wie oft hab' ich zu deinem Klange
Mein stilles Heimweh aufgeseufzt.
Dem Schmerze töntest du entgegen,
Antworte auch dem Freudenklange.

Präludirt auf der Cyther.
Spielt und singt.

Sey willkommen, Luft der Heimath,
Sey willkomm, du Himmel klar.
Seyd willkommen, fromme Thierlein,
Du, o frohe Vögelschaar.

Du, o wohlbekannter Garten,
Sey willkomm viel tausend Mahl;
Bäume, die so freundlich schatten,
Und ihr Büsche allzumahl

Dunkle Lauben, kühle Gänge,
Frischer Brunnen, klarer Teich,
Du, o frisches, grünes Wäldchen,
Tausend Mahl begrüß' ich euch.

Ach, ich kenn, ich kenn' euch immer,
Bin auch fromm noch immerdar.
Ihr seyd immer noch dieselben,
Ich dieselbe, die ich war.

Ach ja, dieß freut mich alles sehr;
Doch kann ich kaum mich noch enthalten,
Dem Vater an das Herz zu eilen,
Die kummervollen Züge ihm
Von seinen Wangen wegzuküssen.
Wie wird er sich, der Gute, freuen,

Wenn er das lang verlorne Kind
Nun endlich wieder um sich sieht.
Es ist mir Alles noch bekannt,
Und neu erscheint mir Vieles doch;
Allein warum, das weiß ich nicht.
Viel heller scheint mir Alles hier,
Und kleiner dünkt mich Alles auch.
Ich bin denn doch an keinem Ort,
Als in dem Zwergenschloß gewesen,
Wo doch nichts grösser ist, als hier. –

  Sie bleiben lange aus, die Zwergen.
Will doch einsweilen hin zur Laube,
Die meines Vaters Lieblingslaube
Gewesen, ob sich nichts verändert.
Du, meine Cyther, magst indessen
Hier auf der Bank nur liegen bleiben.

ab.

Gärtner.
kommend.

  Hab' da so etwas singen hören,
Es war mir ein bekannter Ton.
Ey sieh, da liegt die Cyther ja,
Auf der Schneewittchen sonst gespielt.
Was? – ey unmöglich! – beynah hätt'
Ich mich getäuscht. – Und doch! – dort geht
Sie ja! – das muß Schneewittchen seyn.
Ich ruf ihr halt! es ist ihr Gang. –

Ruft:

Schneewittchen! – Wahrlich, sie guckt um!
Sie ist's! jetzt, alter Jakob, lauf
Und reich' zum Willkomm ihr die Hand.

Eilig ab.

Adelheide, Franz *und* Peter.

Adelheide.

Schnell, schnell, jetzt, Franz und Peter, schnell!
Macht euch davon, so weit ihr könnt.
Da habt ihr Gold von meiner Mutter.

Franz.

Was giebt es denn, Prinzessinn? sprecht.

Peter.

Warum? was giebt's?

Adelheide.

Groß Unglück ist
Begegnet meiner Mutter heute.
Die Feye hat es mir verkündet,
Die ihr geholfen auf den Berg,
Den gläsernen, und alles, was
Sich mit Schneewittchen zugetragen,
Ist nun am Tag.

Peter.

Wie? Eure Mutter –

Adelheide.

Nun ja! nur fort!

Franz.

Da dürfen wir
Nun freylich nimmer länger säumen.
Komm', Peter, fort!

Peter.

Wohin?

Adelheide.

Nur fort!

Franz *und* Peter.

Behüt' Euch Gott, Prinzessinn.

Beide ab.

Adelheide.

Nein,
Das thut er nicht, ich weiß es schon,
Um meiner Mutter Sünde willen
Kann er's nicht thun! – Ha, Mutter, du,
Du hast zum Neide mich gewöhnt,
Zur Bosheit mich verleitet, du!

ab.

König, Zwergenkönig.

Zwergenkönig.

Hier liegt noch ihre Cyther; hier
Erwarte sie, ich will sie rufen,
Sie ist in Deiner Lieblingslaube.

König.

O laß mich! laß mich! nein ich muß
Entgegen ihr; sie selbst aufsuchen,
Um früher sie an's Herz zu schliessen.
O, welche Freude ward mir noch
Verspart auf meine alten Tage!

(Im Abgehen.)

Schneewittchen, ach, Schneewittchen, sieh,
Da bin ich ja. Schneewittchen komm'!

(Pallast.)
(Im Audienzsaale des Königs.)

Der König *auf dem Throne,* Räthe *und* Minister *um ihn her in einem Kreise, der* Zwergenkönig *in der Mitte nebst der* Königinn *und* Adelheid; Schneewittchen *auf dem Throne neben dem Könige.*

König.

Gehört habt ihr nun alle, was
Die Königinn, mein ehliches Gemahl,
Verschuldet hat. Nun frag' ich euch,
Welch eine Strafe sie verdient,
Nebst ihrer Tochter Adelheid,
Um derentwillen sie Schneewittchen,
Die Unschuld selber, so bedrängte.
So sprecht denn, was euch euer Herz
Eingibt, und was bestehet mit
Den Rechten. Denn, was ungerecht,
Das bleibe ferne von dem Richter. –

Tiefe Stille.

Zwergenkönig.

Sie schweigen all'. So warte denn,
Bis auch die beyden Henkersknechte

Noch da sind, die in allen ihren
Verruchten Thaten ihr geholfen,
Die sich durch Gold verblenden liessen;
Dann will ich selbst ihr Urtheil sprechen.

Königinn
auf den Knieen.

O, habt Barmherzigkeit mit mir.
Nur dieses mahl vergebt mir noch!
Schneewittchen! bittet Ihr für mich.

Schneewittchen.

Vergebt ihr, wie auch ich vergebe,
Auch du, o Katalum! Vielleicht
Kann sie sich bessern.

Zwergenkönig.

Nein, Schneewittchen,
Wenn wir ihr alle auch vergeben,
Und du, o Engel, dennoch kann
Ihr nimmermehr vergeben werden.
Das Recht, das heischet ihre Strafe.

Franz *und* Peter *von* sechs Zwergen *geführt.*

Einer der Zwerge.

Da ist der Franz und Peter.

Ein anderer.

Hier.
Sie beyde haben wir im Walde
Auf ihrer Flucht erhascht.

                    Zwergenkönig.

So hört,
Wozu ich jedes jetzt verdamme:
Die Königinn soll neun und neunzig
Mahl neun und neunzig Jahre lang
In meinem Schloß in einem Sarg
Von Glase ohne Leben liegen;
Und Adelheide soll als Spiegel,
So lange noch Schneewittchen lebt,
Ihr dienen, und bey jedem Mahl,
Wenn sich Schneewittchen drinn betrachtet,
Soll sie die Schönheit ihr beneiden.
Ihr, Franz und Peter, sollt als Wölfe
Stets hungerig den Wald durchstreifen,
Doch niemahls was zu fressen finden,
Und das so lange, bis ein Jäger
Euch beyde einst auf ein Mahl trifft.
Sonst mag euch aber jeder Schuß
Unschädlich seyn, und dräng' er auch
Bis tief in eures Herzens Mitte.

        Königinn, Adelheide, Franz *und* Peter.

     Barmherzigkeit! Barmherzigkeit!

                Schneewittchen.

     Vergebt! vergebt!

                    Königinn.

Barmherzigkeit!

                    Zwergenkönig.

     Nein! keine Gnade wird euch mehr.
Ihr habt noch mehr verdient, als dieß.

60

Die Menschen hätten euch verzieh'n,
Aus Schwachheit hätten sie's gethan;
Die Geister folgen nur dem Rechte.
Dieß merket euch. Wenn Menschen auch
Das Böse, das ihr thut, nicht seh'n,
So sieht es doch der Herr des Himmels.
Sehn's Menschen auch mit Nachsicht an,
Und wollen auch zum Bösen schweigen
So läßt doch Gott die Strafe dann
Von seinem Himmel niedersteigen.

(Der Vorhang fällt.)

II. Hanns Dudeldee ein Mährchen.

Hanns Dudeldee. (Albert Ludewig Grimm: Kindermährchen)

Es ist nun schon lang her, wohl viel hundert Jahr. Da lebte ein Fischer mit seiner Frau, der hieß D u d e l d e e. Sie waren aber so arm, daß sie kein recht Haus hatten, und wohnten in einer bretternen Hütte, und hatten kein Fenster daran; sie schauten durch die Astlöcher hinaus. Dudeldee war doch zufrieden; seine Frau aber war nicht zufrieden. Sie wünschte sich bald das, bald jenes, und quälte immer ihren Mann, weil er ihr's nicht geben konnte.

Da schwieg aber Dudeldee gewöhnlich, und dachte nur bey sich: »Wär' ich nur reich« oder, wär' nur alles gleich da, wie ich's wünsche.

Einmahl Abends stand er mit seiner Frau vor der Hausthüre, und sie sahen umher in der Nachbarschaft. Da standen etliche schöne Bauershäuser. Da sagte seine Frau zu ihm: »Ja, wenn wir nur so eine Hütte hätten, wie die schlechteste unter diesen Nachbarshäusern. Wir könnten sie wohl noch kriegen, aber du bist zu faul, du kannst nicht arbeiten, wie andere Leute arbeiten.«

Aber Dudeldee fragte: »Wie? arbeite ich nicht wie andere Leute? steh' ich nicht den ganzen Tag und fische?«

»Nein!« antwortete seine Frau ihm wieder »du könntest früher aufstehen, und vor Tag schon so viele Fische fangen, als du sonst den ganzen Tag bekommst. Du bist aber zu faul; du magst nicht schaffen.« Und so zankte sie ihn fort.

Darum stand er des andern Morgens früh auf, und ging hinaus an den See, zu fischen. Und er sah die Leute kommen auf's Feld und schaffen, und er hatte noch nichts gefangen. Und es war Mittag worden, und die Schnitter sassen im Baumschatten, und assen ihr Mittagsbrot, und er hatte noch nichts gefangen, und setzte sich traurig hin, und zog sein schimmelig Brot aus seiner Tasche, und aß es. Dann fischte er wieder. Und die Sonne neigte sich, und die Schnitter gingen heim, und der Schäfer trieb die Heerde in den Pferch, und die Kuhheerde zog heim, und stiller ward's auf dem Felde. Aber Dudeldee stand noch immer, und noch hatte er kein Fischlein.

Da war es dämmerig worden, und er dachte ans Heimgehen. Einmahl wollte er noch sein Netz eintauchen, ob er nicht jetzt noch etwas fange. Er tauchte es ein, und als wollte er die Fische locken; rief er:

»Fischlein, Fischlein in dem See!«

»Was willst du, lieber Hanns Dudeldee?« fragte ein Fischlein, das herzugeschwommen war, und den Kopf ein wenig über das Wasser hervorstreckte.

Der arme Hanns Dudeldee war zwar erstaunt über das Fischlein, aber doch besann er sich und dachte: »Hm, wenn's da nur darauf ankommt, etwas zu wollen, da sollst du mich nicht lang fragen müssen.« Er sah umher, was er wohl gleich wünschen sollte. Drüben, jenseits des Sees stand ein schönes Lustschlößchen, aus dem eine schöne Hörner-Musik herüber klang. Auch fiel ihm der Wunsch seiner Frau ein, die ein besseres Haus haben wollte. Darum sagte er: »Ich möchte gern so ein Landhaus, wie jenes da drüben; so ein Schloß möchte ich gern haben, statt meines bretternen Hüttleins.«

»Geh' nur hin,« sagte das Fischlein, »deine bretterne Hütte ist ein solches Lustschloß.« Und Hanns Dudeldee lief mehr, als er ging, nach Hause, und sah schon von ferne an der Stelle, wo sonst sein Haus stand, ein prächtiges Schloß mit erleuchteten Zimmern. Und als er erst hinein kam, da war alles so prächtig, daß er sich nicht zu lassen wußte. Der Hausgang war mit Marmor geplattet; die Stubenboden eingelegt und mit Wachse gebohnt; die Wände tapeziert; herrliche Kronleuchter hingen da in den hohen Sälen; kurz, es war alles so schön, daß Hanns Dudeldee nicht das Herz hatte, recht darin herum zu gehen. Er konnte gar nicht glauben, daß das jetzt sein Eigenthum sey. Er meynte, er sey irre, und wäre beynahe wieder weggegangen, wenn ihm seine Frau nicht auf der Treppe begegnet wäre.

Kaum hatte er sie erblicket, so fragte er sie: »Nun bist du jetzt zufrieden mit dem Hause?« und erzählt' ihr, wie er dazu gekommen sey. »Was?« antwortete sie, »man meynt Wunder, was das jetzt wäre! da hab' ich in der Stadt schon viel schönere Häuser gesehen, wie ich noch dort diente. Es geht zwar an; – aber wie kannst du so dumm seyn? Das Beste hast du vergessen. Sieh einmahl jetzt unsere Kleider gegen das hübsche Haus! was die für einen Abstand machen! Hättest du mir und dir nicht auch gleich schöne Kleider wünschen können? du bist aber zu dumm und träg. Du magst auch dein Bißchen Verstand, das du hast, nicht einmahl gebrauchen.«

So ging das Schelten und Keifen wieder fort, bis sie einschlief. Und Hanns Dudeldee ging des andern Morgens mit dem Tage wieder hinaus an dieselbe Stelle, tauchte sein Netz wieder ein, und rief wieder:

»Fischlein, Fischlein in dem See!«

»Was willst du lieber Hanns Dudeldee?« So fragte das Fischlein wieder, und Dudeldee besann sich nicht lang, und sagte, er wünsche seiner Frau und sich recht schöne Kleider, die auch zu ihrem neuen Hause paßten.

»Ihr habt sie,« sagte das Fischlein, und Dudeldee stand da in einem fein tuchenen Rocke mit goldenen Tressen, in seidenen Strümpfen und Schuhen, mit gestickter Weste, alles nach damahliger Mode. Und als er nach Hause kam, hätte er beynahe seine Frau nicht mehr erkannt in den seidenen Kleidern. Sie guckte aber zum Fenster heraus, und fragte: »Bist du's Hanns?« »Ja ich bin's,« antwortete er, »Nun bist du jetzt zufrieden?« »Will 'mahl sehen!« antwortete sie.

So lebten sie eine Zeitlang ruhig fort. Drauf, als ihr Mann wieder einmahl fischen gehen wollte, sagte sie: »Geh' was brauchst du zu fischen? laß das bleiben und wünsch dir lieber eine rechte Kiste voll Geld.«

»Hm, das ist wahr!« dachte Dudeldee, und ging hinaus an den See, und tauchte sein Netz wieder auf derselben Stelle ein, und rief:

»Fischlein, Fischlein in dem See!«

»Was willst du, lieber Hanns Dudeldee?« fragte ihn das kleine Fischlein wieder. »Ach, eine rechte Kiste voll Geld,« sagte er; »gehe nur hin,« sagte das Fischlein, »in deinem Schlafzimmer steht sie.« Und wie er heim kam, stand in seinem Schlafzimmer eine ganz große Kiste voll Goldstücken.

Nun ging alles hoch her bei ihnen, und sie kaufte sich Kutsche, und Pferde, und ihrem Mann ein Reitpferd, und fuhren oft in die Städte, und hielten sich einen Koch und Bediente. Da schalten sie die Nachbarinnen immer die hochmüthige Fischerinn. Das verdroß sie gar sehr, und lag ihrem Manne wieder an, er sollte machen, daß sie über die Nachbarinnen alle zu befehlen habe. Und er ging wieder mit seinem Netze hinaus, und tauchte es ein, und rief:

»Fischlein, Fischlein in dem See!«

»Was willst du lieber Hanns Dudeldee?« fragte ihn das Fischlein. »Ich wäre gern ein Edelmann oder Graf, und möchte, daß ich über alle meine Nachbarn zu befehlen hätte.« Da sprach das Fischlein: »Gehe nur hin, es ist so.« Und, als er heim kam, da hatten die Nachbarsleute schon seiner Frau gehuldigt, und sie hatte schon ein Paar von ihren Nachbarinnen einsperren lassen, die sie sonst hochmüthige Fischerin gescholten hatten.

Und jetzt fuhren sie oft in die Hauptstadt, wo der König wohnte, und wollten sich in die Gesellschaft anderer Grafen mischen. Aber sie wußten sich nicht dort nach ihrer Sitte zu betragen, und wurden von allen verlacht, und einige Gräfinnen nannten sie nur die Fischgräfinn und ihn den Fischgrafen Dudeldee.

Da sprach sie wieder zu ihrem Manne: »Geh' hinaus, und laß dich zu einem König machen; denn ich will nicht mehr Fischgräfinn heissen; ich will Königinn seyn.« Aber Hanns Dudeldee rieth ihr ab, und sagte: »Bedenke doch, wie wir arm waren, und uns nur ein Hüttlein wünschten, wie das schlechteste von unsern Nachbarshäusern. Jetzt haben wir alles im Ueberflusse, nun laß uns auch genug haben.«

Die Frau aber wollte nicht genug haben, und sprach: »Was? ich soll mich Fischgräfinn schelten lassen? ich soll den Hochmuth der Stadtweiber ertragen? Nein, sie müssen wissen, wer ich bin; ich will's ihnen zeigen! – Und du willst auch so einfältig seyn, und willst dir's gefallen lassen?« So zankte sie fort, bis er ihr versprach, sie zur Königinn zu machen.

Darum ging er hinaus an den See, und sagte wieder sein altes Sprüchlein, und das Fischlein kam wieder, und fragte wieder: »Was willst du, lieber Graf Dudeldee?« Er brachte sein Anliegen vor, daß er gerne König wäre; das Fischlein sagte: »Du bist's!« und er kam heim, und fand sein Lustschloß ganz prächtig verändert, und viel grösser; Marschälle, und Minister mit goldenen Schlüsseln und Stern empfingen ihn mit tiefen Verbeugungen. Sein Kopf wurde ihm ganz schwer; er wollte den Hut abziehen, aber siehe da! statt des Hutes hatte er eine schwere goldene Krone auf dem Haupte. Und als er seine Frau sahe, erkannte er sie fast nicht mehr, so glänzte ihr Gewand von Gold und Juwelen. Aber als er sie fragte, ob sie jetzt zufrieden wäre, sagte sie: »Ja, bis ich wieder etwas Besseres weiß. Ich wäre ja eine Närrinn, wenn ich's besser haben könnte, und nähm's nicht an.«

So lebten sie jetzt aber doch eine Weile zufrieden, und Dudeldee's Frau wünschte sich nichts mehr; denn sie hatte ja alles, was sie sich nur hätte wünschen können, hatte sich auch gerächt an den Gräfinnen, die sie die Fischgräfinn geheissen hatten. Aber endlich fehlte ihr doch wieder einmahl etwas. Sie hörte in der Zeitung lesen von der Pracht, und dem Aufwande, der an andern Königshöfen herrschte, und hörte, daß es andere Könige und Kaiser gebe, die über weit mehr Leute und über weit mächtigere Reiche zu befehlen hätten, als Dudeldee. Darum lag sie ihm wieder an, und quälte ihn, bis er ihr versprach, der mächtigste König zu werden, der nur auf Erden seyn könne.

Er tauchte sein Netz wieder ein und rief:

»Fischlein, Fischlein in dem See!«

»Was willst du König Dudeldee?« fragte das Fischlein, und Dudeldee sagte: Mache mich doch gleich zum mächtigsten König, oder Kaiser auf Erden; Und gleich war er's auch. Denn, als er heim kam, da waren schon Gesandte und Deputirten aus allen Reichen und Welttheilen da; arme Poeten warteten mit Gedichten auf Atlas auf ihn; Schulmeister, die bessere Besoldungen brauchten, waren da mit Suppliken; Kammerherren, mit dem Hute unter dem Arm, gingen hin und her; Bauern, die Prozesse hatten, wollten zu ihm; Schildwachen gingen auf und ab; eine Kutsche mit zehn Pferden, und zwanzig Vorreutern, und sechs Läufern stand immer zum Wegfahren bereit; Pfauen und Perlhüner waren in einem Nebenhofe; kurz, es war da alles, was einen so grossen Kaiser nur ergötzen konnte, ja sogar zwey Hofnarren waren immer um ihn.

Der neue Kaiser Dudeldee war freylich im Anfang darüber böse, daß ihn die zwey närrischen Menschen immer verfolgten, wohin er gehen mochte, und beschwerte sich darüber bey seiner Frau, weil er denn doch lieber in der Gesellschaft von vernünftigen Leuten, als bey Narren seyn wollte. Sie sagte ihm aber, das verstehe er nicht; das müßte so seyn; alle sehr grossen Herren hätten's lieber mit Narren zu thun; er werde denn doch kein Narr seyn wollen, und eine Ausnahme machen.

Endlich ließ er sich's gefallen, und war nur froh, daß seine Frau zufrieden war, aber die Freude dauerte nicht lange. Er kam einmal zu ihr und traf sie ganz traurig an. »Was fehlt dir?« fragte er sie. »Ach!« sagte sie, »ich bin verdrüßlich über das Regenwetter. Das dauert nun doch schon vier Tage an, und ich möchte so gern Sonnenschein haben. Ueberhaupt ich wollte, ich könnte alles machen, was der liebe Gott kann, daß ich Frühling haben könnt', und Sommer und Herbst und Winter; gerade wann ich wollte.

Geh' hin, und mache, daß ich's kann.« So sagte sie, und ihm gefiel es selber. »Wie,« dachte er, »wenn du jetzt im Regen hinaus gingst, und kämst heim im Sonnenschein, den deine Frau gemacht hätte; Da könntest du auch die Narren wieder los werden.«

So dachte er bey sich, und schlich sich gleich mit seinem Fischernetze zu einer Hinterpforte im Regen hinaus, ging an den See, tauchte sein Netz ein, und rief wieder, wie sonst:

»Fischlein, Fischlein in dem See!«

»Was willst du lieber Kaiser Dudeldee?« fragte ihn das Fischlein. »Ach,« sagte er, »weiter nichts, als meine Frau möchte gern können, was Gott kann: Regen und Sonnenschein machen, und Frühling und Sommer und Herbst und Winter, wann sie gerade will.«

»So! und weiter nichts?« fragte das Fischlein. »Nein, nein, Kaiser Dudeldee, ich sehe, daß an deiner Frau und dir nichts gut angelegt ist, darum sey du wieder der alte Fischer Dudeldee. Denn damahls warst du nicht so übermüthig und ungenügsam, wie jetzt.«

Und das Fischlein verschwand, und er rief wohl oft: »Fischlein, Fischlein in dem See;« aber kein Fischlein fragte mehr: »Was willst du, lieber Dudeldee?« Und er stand wieder da, wie das erste Mahl, ohne Wamms, nur in seinen schmutzigen ledernen Hosen, und war wieder der alte Fischer Dudeldee.

Und als er heim kam, da war wieder das Schloß fort, und da stand wieder seine kleine bretterne Hütte, und seine Frau saß darin in ihren schmutzigen Kleidern, und schaute wieder heraus durch ein Astloch, wie vormahls, und war wieder die Frau des Fischers Dudeldee.

III. Von treuer Freundschaft.
Eine Fabel.

Der Rabe, den die Vögel für einen Weisen halten, saß auf einem Baume des Waldes. Da kam der Vogelsteller, stellete sein Netz, streuete Samenkörner darein, und ging wieder fort; aber der Rabe fürchtete sich vor dem Netz, und versteckte sich in das dichte Laub. Und ein Schwarm wilder Tauben kam, und sahe das schöne Gerstenfutter, und setzten sich alle, und frassen. Aber das Netz fiel zu, und sie waren gefangen, und flatterten darin herum. Da sprach die Führerin des Schwarmes: »Uns hilft nicht also hin und her zu flattern; laßt uns aber versuchen, alle auf ein Mahl in die Höhe zu fliegen; vielleicht vermögen wir's, das Netz mitzunehmen.« Und sie flogen alle zusammen in die Höhe, und nahmen das Netz mit sich.

Aber der Rabe hatte alles mit angesehen, wie E i n i g k e i t s i e s t a r k m a c h t e, und flog in der Ferne nach.

Und die Tauben hatten sich niedergesetzt in ein Fruchtfeld, in der Nähe eines Baumes, und beriethen, wie sie aus dem Netze heraus kommen möchten. Da sprach eine von dem Schwarm: »Ich habe schon längst Freundschaft geschlossen mit einer Maus, die hier in der Nähe wohnt. Soll ich ihr rufen, daß sie das Netz zernage?« Und sie rief der Maus. Die kam aus ihrer Höhle heraus, und zernagte bald die Schnüre, und die Tauben flogen fröhlich davon, und dankten der Maus für ihre Befreyung.

Der Rabe hatte alles mit angesehen, und dachte bey sich, e i n t r e u e r F r e u n d w ä r e d o c h e i n g r o s s e s G u t; und setzte sich deshalb in die Nähe des Mausloches, und rief der Maus, weil er Freundschaft mit ihr machen wollte. Als aber die Maus heraus kam, und den Raben erkannte, floh sie schnell wieder in ihr Löchlein. Aber der Rabe rief ihr wieder und sagte: »Was fliehst du mich? willst du nicht meine Freundin werden?«

Und die Maus antwortete ihm: »Nein, das geht nimmermehr an. Denn in Kurzem würde deine angebohrne Lust nach meinem Fleische dich unserer Freundschaft vergessen machen, und du würdest mich, wie jede andere Maus, auch auffressen.«

Das redete ihr aber der Rabe aus, und sie lebten beysammen ohne Mißtrauen, und waren zufrieden. Nur sehnte sich der Rabe nach seinem ersten Aufenthalte, denn er fürchtete sich hier vor den vorübergehenden Jägern. Darum sagte er eines Abends zu der Maus, wenn sie nichts dawider habe, so wollten sie wegziehen von diesem Orte, weil es da nicht verborgen genug sey. Er wolle sie an einen viel heimlichern Ort bringen, wo er auch eine treue Freundinn habe, die Schildkröte, bey der sie künftig wohnen wollten. Und die Maus war mit dem Vorschlage zufrieden, denn auch ihr war es unheim da, weil eine Katze oft in das Feld kam und ihr nachstellete. Und der Rabe faßte sie mit dem Schnabel bey ihrem Schwänzlein, und trug sie durch die Lüfte, und setzte sie unter seinem Baume nieder, und rief der Schildkröte, seiner Freundinn.

Aber die Schildkröte kam hervor aus ihrem Teiche und freuete sich, daß ihr Nachbar wieder da sey, und freuete sich, daß er noch eine Freundinn, die Maus, mitgebracht habe. Und die Maus grub sich ein Löchlein, und wohnten beysammen alle drey in Friede und Eintracht.

Und als sie eines Tages so beysammen sassen, und vieles plauderten von der Welt Lauf, da kam eilends ein Hirsch gelaufen, der blieb am Teiche stehen, und sahe sich um. Da floh die Schildkröte in ihr Wasser und tauchte unter, und die Maus verkroch sich in ihr Löchlein. Aber der Rabe schwang seine Fittige, und flog in die Höhe, zu sehen, ob der Jäger den Hirsch verfolge. Er sah aber nichts und kam herunter, und sprach zum Hirsch: »Sey ohne Furcht, hier ist keine Gefahr. Noch kein Jäger ist in die Gegend des Waldes gekommen. Wenn es dir hier gefällt, so kannst du hier wohnen. Um den See wächst schönes Futter, und sein Wasser ist frisch zum Trunke.«

Und als er dieß gesagt, rief er der Maus und der Schildkröte, und sie kamen hervor und redeten dem Hirsch auch zu, daß er bleiben sollte.

Aber der Hirsch sah umher; das Gras war schön und das Wasser frisch und der Ort sicher vor Nachstellung; er machte sich also eine Lagerstätte aus Laub und Moos, und wohnete bey ihnen, und sie hielten treue Gemeinschaft miteinander. Eines Abends war aber der Hirsch nicht heimgekommen. Da war seinen Freunden bange, es möchte ihm ein Unheil widerfahren seyn; und der Rabe flog aus auf Kundschaft, und sah seinen Freund liegen gefangen in einem Netze. Und er flog zurück und brachte seinen Genossen die Nachricht, und berieth sich mit ihnen, wie man ihn befreyen möge.

Da sprach die Maus zu ihm: »Nimm du mich und trage mich hin, daß ich ihm das Netz zernage.« Und der Rabe trug sie schnell hin und sie nagte an dem Netze. Da kam auch die Schildkröte daher, und der Rabe und die Maus schalten, daß sie gekommen wäre. Und der Rabe sagte: »Wohin willst du denn fliehen, wenn der Jäger kommt? Ich fliege fort, der Hirsch läuft weg, die Maus verkriecht sich, was willst aber du machen? Dein Gang ist langsam, du kannst dich nicht retten.« Und indem der Rabe noch so redete, kam der Jäger schon gegangen, zu sehen, ob er etwas gefangen habe in seinem Netze. Und als er den Hirsch darin sahe, freute er sich schon. Allein ehe er noch hinkam, war das Netz schon zernagt, der Hirsch sprang in das Dickicht, der Rabe flog weg, die Maus verkroch sich, aber die Schildkröte stand, und zitterte vor Schreck an allen Gliedern.

Aber der Jäger ärgerte sich, daß ihm die schöne Beute entgangen war. Um aber doch nicht ganz leer nach Hause zu kommen, nahm er die Schildkröte, wickelte sie in das zernagte Netz und ging weg. Doch die Maus hatte dem allen zugesehen, und rief ihre Freunde schnell zusammen, und berieth mit ihnen, wie man die Schildkröte wieder befreyen könnte. Da schlug der Rabe vor, der Hirsch sollte sich wie todt an den Weg legen, an dem der Jäger vorbey kommen mußte, und er wolle auf ihm sitzen, als ob's ein Aas wäre, von dem er frässe. Wenn das der Jäger sähe, so würde er gewiß sein Netz niederlegen und hinzugehen. Dann solle der Hirsch aufspringen und langsam hin und her laufen, als hätt' er ein Gebrechen an dem Fuß, und solle so den Jäger immer reizen, und bis an ihn kommen lassen, dann aber immer wieder entspringen, und das so lange, bis die Maus derweile das Netz zernagt, und die Schildkröte sich im Walde verkrochen habe. Dann wollten sie auf einmal alle davon eilen.

Und wie sie's beschlossen hatten, so thaten sie auch. Der Jäger warf gleich die Schildkröte hin, und eilte dem Hirsch nach. Als aber die Schildkröte und das Mäuslein in Sicherheit waren, da sprang der Hirsch auf einmal davon, und eilte schneller, als der Jäger sich's versah, ihm aus den Augen, und kam mit seinen Genossen wieder bey ihrer Wohnung an. Und freuten sich alle, daß sie durch ihre Freundschaft einander gerettet hatten.

IV. Der zornige Löwe.
Eine Fabel.

Der zornige Löwe. (Albert Ludewig Grimm: Kindermährchen)

Es lebten viele und mancherley Thiere in einer grossen Wildniß beysammen, ruhig und friedlich. Es ließ sich aber auch eben daselbst ein grosser furchtbarer Löwe blicken, der die Ruhe störte. Denn er raubte sich täglich etliche der Thiere zur Speise. Sie lebten daher seinetwegen in beständiger Furcht, und man berathschlagte hin und her, wie man doch wohl den Löwen auf eine gute Art wegschaffen könnte.

Sie dachten her und dachten hin, und dachten hin und dachten her, die Furcht war groß, und die Hoffnung, die Gefahr abzuwenden, war klein. Sie liefen umher, so traurig und verscheucht. Der Esel senkte seine Ohren rückwärts, der Hase ging gar nicht mehr an's Tageslicht, der Hirsch hielt sich verborgen, das Reh floh, kurz, es war eine Verwirrung unter dem ganzen Thiergeschlechte, so, daß keines mehr seine vorige Fröhlichkeit hatte, seit man gemerkt, daß ein Löwe in der Nähe war.

Nur der schlaue Fuchs hatte nicht allen Muth verloren. Heimlich war er schon dem Löwen nachgeschlichen, und hatte seine Nahrung auskundschaftet; Tag und Nacht hatte er berathschlagt mit seinen Freunden, endlich war ihm ein Gedanke gekommen, den er gut ausführen zu können glaubte, und der sie alle von ihrer Furcht erretten konnte.

Er rief daher alle Thiere zusammen, trug ihnen vor, daß er ein Mittel wüßte, wie man den schrecklichen Löwen aus dem Wege schaffen könnte, und machte sich auch verbindlich, selbst den Plan auszuführen, wenn die stärkeren Thiere ihm versprächen, seiner in Zukunft immer zu schonen. Natürlich versprachen ihm alle Sicherheit; der Wolf und Hund versicherten ihn ihrer Freundschaft; und feyerlich versprach er dagegen, sie, ehe zwey Mahl die Sonne sich neige, von ihrer Furcht vor dem Löwen zu befreyen.

Sogleich machte er sich auf den Weg nach der Löwenhöhle. Aber unterwegs nahm er einen grünen Zweig in's Maul, daß der Löwe glauben sollte, er käme als Abgesandter. Am Eingang in die Höhle blieb er stehen, neigte sich zitternd mit dem Kopf auf die Erde und sagte mit bebender Stimme; »Vor allem bitte ich dich, Herr Löwe, du wollest mich wenigstens nur so lange leben lassen, bis ich ausgeredet habe, und bis du meinen Antrag gehört hast. Hernach magst du über mich beschliessen, was dir beliebt, denn ich bin ja schon in deiner Gewalt.«

Eben hatte der Thierkönig sein Mittagsschläfchen gehalten, und lag noch auf seinem Lager von Moos und Erde. Neben hatte er noch eine schöne Hälfte von einem jungen Rehe liegen, das er heute erlegt hatte. Er war gerade bey guter Laune, deswegen wurde er durch des Fuchses Anrede begierig, was er wohl vorzutragen habe, und nickte dem armen Schächer darum ganz gnädig zu, er solle nur reden.

Das machte dem Fuchse wieder Muth, er ging noch einen kleinen Schritt vorwärts und redete ihn schon mit mehr Muth an: »Ich bin von allen Thieren, die hier in der Gegend herum wohnen, zu dir gesandt. Ich soll dir sagen, wie wir alle deine Macht über uns anerkennen, dich zu unserm Könige wählen, und dich bitten, du mögest uns gegen andere mächtige Feinde vertheidigen und schützen. Du sollst unser König seyn. Zur Belohnung für deine Regierung sollst du auch in Zukunft keine Nahrungssorgen mehr haben. Wir wollen täglich einen von uns durch's Loos erwählen, den ich dir dann alle Morgen zur Speise bringen werde.«

Dieser Vorschlag gefiel dem Löwen sehr. Denn er kam jetzt in die Jahre, wo er die Ruhe liebte. Er war alt; auch seine Kraft hatte schon so abgenommen, daß er nicht mehr jagen und kämpfen konnte, wie ehemahls. Er fürchtete auch gar nichts Arges von dem listigen Fuchs, und bezeigte ihm sein Wohlgefallen über seinen Vorschlag.

Gleich am andern Morgen machte sich der Fuchs mit dem Frühesten auf die Beine. In der Nähe der Löwenhöhle hielt' er sich verborgen. Als der Löwe nun aufwachte, und die Sonne schon hoch am Himmel stehen sah, ward er ungeduldig, daß seine Speise so lange ausblieb. Er richtete sich auf und brummte. Wie der Fuchs das hörte, lief er schnell hin, stellte sich, als käme er eben erst weit her gelaufen, und keuchend warf er sich vor dem Löwen nieder, und leckte ihm die Klauen.

»Wo bleibst du so lange?« fuhr ihn dieser zornig an; »Was verziehst du so lange, mir meine Speise zu bringen, die ihr mir doch freywillig zugesagt habt?«

»Ach! mein lieber Herr König,« antwortete der Fuchs, »meine Schuld ist es nicht. Bey guter Zeit ging ich diesen Morgen aus, um dir einen andern recht fetten Fuchs zu bringen, den das Loos getroffen hatte. Aber unterwegs, – ich war noch ein gutes Stück von deiner Wohnung, da kam ein anderer Löwe, und fragte uns, wohin wir gingen. Ich sagte ihm, ich wolle dir, meinem Herrn, seine Speise bringen. Was? sagte er, dem? und ich bin doch euer König, kein andrer ausser mir. Mir gehört diese Speise. Ich will euch schon gegen den schützen! Und so nahm er mir denn deine Speise weg. Ach, es that mir gar leid; es war wohl der fetteste von meinen Brüdern, den ich Niemand gegönnt hätte, als dir.«

Der Löwe war aber ein gar zorniger Löwe, und kaum hatte er sich in seinem Zorne ruhig halten können. Er sprang wild von seinem Lager auf, und brüllte, und fragte hastig, ob er denn wisse, wo der andre Löwe wohne.

»O ja!« antwortete der listige Fuchs, »folge mir nur nach, ich will dich zu seiner Höhle führen.« Er ging voraus, und mit zusammengezogenen Stirnrunzeln folgte ihm der Löwe, der unterwegs schon seine Klauen wetzte, wenn er an einem Steine vorbey kam; und knirschend probirte er seine Zähne.

Endlich blieb der Fuchs zwischen Felsen und Bäumen auf einem ziemlich freyen Platze stehen. Da war ein tiefer, tiefer Brunnen. In den guckte er hinunter und rief dem Löwen: »Komm, komm, da unten steht er, da steht er!«

Da ging der Löwe hin und guckte hinab, der Fuchs aber stellte sich schnell zwischen seine Beine und sagte: »Sieh, sieh, er hat meinen Kameraden noch unversehrt zwischen den Füssen.« Und der Löwe sah sein Bild und des Fuchses Bild abgespiegelt im Wasser, und meynte, das sey der andere Löwe. Er schrie brüllend einen Schimpfnamen hinunter, und hörte denselben Schimpfnamen wieder dumpf herauf hallen; denn das Echo gab seine Stimme zurück.

Und er meynte, der andere Löwe wollt ihn ausspotten. Da konnte er sich nicht mehr halten. Er sprang hinab und – lag im Wasser, und konnte sich nirgens heraus helfen, denn der Brunnen war zu tief. Der Fuchs rief aber noch etliche Thiere aus der Nähe zusammen, und nun warfen sie Holz und Steine, und was sie fanden, auf den betrogenen Löwen, bis er ertrunken war.

Aber jetzt war Freude und Jubel im ganzen Thierreiche, und alles dankte dem Fuchse für die grosse Wohlthat, die er dem Lande erwiesen hatte, und weit und breit rühmte man seine List. Auch bekam er von allen Geschenke, bald ein Huhn, bald eine Gans, bald Eyer, bald Honig, bald Krebse, wie eben jedes so etwas in seiner Haushaltung erübrigen konnte. Und er führte ein herrliches Leben, und pflegte sich in seinem Alter.

V. Die drey Königssöhne, ein Mährchen.

Vor uralten Zeiten lebte im Morgenlande ein König; der hatte drey Söhne. Aber die zwey ältesten waren schon in ihrer Kindheit gar ausgelassen und muthwillig, aber klug. Der jüngere hingegen war folgsam und gut, aber nicht so klug, als seine Brüder.

Als nun der älteste von den drey Königssöhnen achtzehn Jahre alt war, gab ihm sein Vater ein Pferd und ein Ritterkleid und ein Schwert, und ließ ihn ausziehen, die Welt zu sehen, und sich ritterlich zu erzeigen in fremden Landen. Und er ritt fort, und ritt weit und breit umher, und lebte ausschweifend und unordentlich, und kam nimmer heim, vergaß seinen Vater, und schickte nicht Nachricht von sich, wie es ihm ergangen sey.

Und der zweyte von den Königssöhnen ward auch achtzehn Jahre alt, und sein Vater gab ihm auch ein Pferd, ein ritterliches Kleid und ein Schwert, und ließ ihn auch ausreiten in die Welt, um fremde Lande zu sehen und sich ritterlich darin zu erweisen, und nach seinem ältern Bruder zu forschen. Und er ritt fort und trieb's, wie sein Bruder, und kam nimmer heim, und schickte nicht Nachricht, wie es ihm ergangen sey.

Da ward der alte König traurig, und meynte, seine Söhne wären beyde todt, und härmte sich ab, und beklagte ihren Verlust. Aber als der dritte Sohn auch achtzehn Jahre alt war, da ging er eines Tags zu seinem Vater, und bat ihn, er möge doch ihm auch ein Pferd und Schwert geben, und ihn reiten lassen in die Welt, wie seine Brüder gethan hätten.

Da weint' aber der alte König, umarmte seinen Sohn und sprach: »Willst du mich auch verlassen, und mir verloren gehen, wie deine Brüder mir verloren sind? Nein, mein einzig Kind, du mußt meine Stütze seyn in meinem Alter.« Und sein jüngster Sohn stand ab von seinem Bitten, obgleich er's ungern that.

Es stand aber an etliche Tag'; da hatte der alte König einen wunderbaren Traum. Er stand in seinem Garten, so war's ihm, da wüchsen zwey Ölbäume auf. Und sie waren im Anfange schön und schienen gesund. Aber bald fingen sie an zu trauern, und die Früchte fielen ab, und die Blätter wurden gelb, und die Zweige schienen dürr. Da wuchs schnell zwischen ihnen auf ein Palmbaum, und schoß hoch auf, und beschattete die kranken Ölbäume, und goß seinen Thau auf sie, und auch sie wurden wieder gesund und frisch.

Da ließ der König Morgens seine Traumdeuter und Weisen kommen, daß sie ihm den Traum auslegten. Und die Traumdeuter sagten: »Die zwey Ölbäume sind deine zwey ältesten Söhne, und der Palmbaum ist dein jüngster Sohn. Die zwey Ölbäume wurden bald dürr, so werden deine zwey ältesten Söhne bald zu Grunde gehen; aber den Palmbaum, deinen jüngsten Sohn, mußt du ziehen lassen, daß er seinen Brüdern beystehe, sonst sind sie für dich verloren.«

Als der König das hörte, gab er seinem jüngsten Sohn ein Pferd und Schwert, und ließ ihn mit Thränen von sich.

Aber der jüngste Königssohn zog aus in die Welt, und ritt weit umher, und ihm war es wohl im Freyen, und sah viel Land und Leute, und erwieß sich überall, wo er herbergete, als ein braver Rittersmann. Und kam so weit fort in ferne, ferne Länder. Es geschah aber eines Abends, da kam er in einen dichten Wald, und fand keinen Ausgang. Wie er so ritt, siehe, da standen zwey Männer am Wege, und wie er sie fragt', wo der Weg hinginge aus dem Walde, da erkannt er seine ältern Brüder, und freute sich über sie. Sie aber fingen an zu schelten und sagten: »Können wir, die wir klüger sind, kaum durch die Welt uns schlagen, wie willst du durchkommen, der du einfältig bist.« Denn die ältern Königssöhne waren klüger für die Welt, dem jüngern aber fehlte die Weltklugheit.

Jetzt ward es Abend; nur selten fiel am Abhange des Bergwaldes ein Strahl der scheidenden Sonne durch die Fichtenstämme. Da beriethen die drey Königssöhne, welchen Weg sie einschlagen wollten, daß sie eine Herberge fänden. Und sie wendeten sich nach der Höhe des Berges, ob sie von oben nicht ein Haus, oder nur ein freyes Feld erblickten. Da kamen sie vobey an einem Ameisenhaufen. Den wollten die ältesten Brüder zerwühlen, daß sie sehen könnten, wie die Thierlein ihre Eyer herumschleppten. Aber der jüngste Bruder stieg von seinem Pferd, und wehrte ihnen, daß sie's nicht thäten. Und als sie vorbeygingen, da redete ihn der Ameisenkönig an, und sprach: »Wer du auch seyn magst, Fremdling, ich danke dir, daß du deinen Reisegefährten wehrtest, und so grosses Unglück von uns armen Thierlein abwendetest. Wenn ich dir nützen kann, so komm, und du sollst sehen, daß ich dir alles mit Freuden thue.«

Und sie gingen weiter, und kamen an einen See, der war bedeckt mit einem ganzen Schwarm Enten. Da wollten die ältesten Brüder drüber her, und sich einige erlegen, daß sie ein Abendessen hätten. Da wehrte aber der jüngste Bruder und sagte: »Laßt die armen Thiere. Wir werden doch diesen Abend etwas zu essen haben.« Und sie liessen die Enten in Ruhe. Als sie aber vorbey gingen, schwamm der König der Enten herzu, und dankte dem jüngsten Königssohn, und sagte: »Wenn ich dir in etwas dienen kann, so soll's mit Freuden geschehen.«

Darauf gingen sie weiter, und kamen an einen Eichbaum, darin die Bienen ihre Zellen hatten; und es war so viel Honig drinnen, daß er am Stamm herunter trof. Als die zwey ältesten Königssöhne das sahen, wollten sie Feuer in die Baumhöhle machen, daß die Bienen umkämen, und daß sie den Honig fassen könnten. Da wehrte aber der jüngste wieder ab und sagte: »Laßt die armen Thierlein! bringt sie nicht um des Bißchen Honigs willen um.« Und sie wollten weiter ziehen, da flog die Bienenköniginn heraus, dankte ihm und sprach: »Kann ich dir mit etwas dienen, so befiehl nur, ich will's mit Freuden thun.«

So gingen sie weiter, und kamen in ein altes Schloß, und wollten da herbergen. Das Schloß war aber ganz wundersam gebaut, und nichts Lebendiges war drinn. Sie gingen ein durch das Thor, und der jüngste führte sein Pferd in einen Stall; da standen lauter steinerne Pferde. Sie gingen die Stufen hinauf, da kamen sie in einen Vorplatz, der war mit Marmor geplattet, und hohe Säulen bildeten die drey Eingänge. Den einen bildeten silberne Säulen, den andern bildeten goldne Säulen, und den dritten Eingang bildeten gar diamantene Säulen. Und sie gingen ein durch den ersten Eingang, und kamen in eine Reyhe Zimmer, darinn alles, Wände und Geräthschaften, von getriebenem Silber war. Aber sie gingen durch alle Zimmer, und fanden am Ende eine Thüre, die verschlossen war durch drey Schlösser. Aber durch ein Lädlein konnte man hinein sehen in das Gemach. Und drinnen am Tische saß ein alt eisgrau Männlein, dem der Bart ging bis auf die Füsse. Diesem riefen sie zu, aber es hörte nicht. Sie riefen ihm zum zweytenmahl, aber es hörte nicht; und sie riefen ihm zum drittenmahl, da stand es auf, und kam heraus, und empfing sie freundlich, und bewirthete sie den Abend auf's allerbeste, und wieß ihnen weiche Betten mit seidenen Vorhängen zu Schlafstätten an. Aber es sprach kein Wort, und antwortete auf keine ihrer Fragen. Doch die drey Königssöhne hatten sich's wohl behagen lassen, daß sie in eine so gute Herberge gekommen waren.

Als sie aber am andern Morgen erwachten, lag jeder zwar in einem schönen Zimmer, aber alles war so verschlossen, daß keiner von ihnen herauskommen konnte; und bey dem ältesten stand das eisgraue Männlein mit dem langen Barte, und winkte ihm, daß er ihm folge. Dieser folgte ihm aber ganz ängstlich, und sie gingen ein durch den goldenen Eingang, und kamen in einen grossen geräumigen Saal, darinn alles von getriebenem Golde gearbeitet war. Und der Alte wieß mit seinem schwarzen Stab über die Thüre; da standen die Worte: »Jeder Fremdling, der die Schwelle dieses Schlosses betrit, muß es versuchen, drey Arbeiten zu vollbringen. Wenn er diese glücklich ausführt, so ist sein Glück auf immer gegründet; voll bringt er sie nicht, so mag er als Stein bis zur Stunde der Erlösung harren auf dem Flecken, wo ihn der letzte Strahl der Abendsonne bescheint.«

Als der älteste Königssohn diese Worte gelesen, begehrte er die erste der Arbeiten zu wissen, und stand zwischen Furcht und Hoffnung, ob er sie wohl vollbringen könnte.

Da berührte das Männlein mit seinem Stabe die Wand, und es sprang eine Thüre auf, und der Königssohn sah ein Gemählde, das stellte die Gegend dar, wo der Ameisenkönig seinen jüngsten Bruder angeredet hatte. Und darunter standen die Worte: »Drey tausend Perlen, der Hauptschmuck der Prinzessinn Pyrola und ihrer zwey Schwestern, liegen hier im Moose zerstreut. Diese hast du zu sammeln, daß auch die lezte nicht fehlet.«

Aber der Königssohn erkannte die Gegend, und eilte hinaus, und sammelte eifrig. Aber Mittag kam, und er hatte nicht hundert beysammen, die Sonne ging unter, da hatte er noch nicht dreyhundert gesammelt; und der lezte Sonnenstrahl traf ihn, da sank er nieder, und war Stein.

Den andern Morgen stand das graue Männlein beym zweyten Königssohn, und winkte ihm mit seinem schwarzen Stabe, daß er ihm folge, und er folgte ihm. Und das Männlein zeigte ihm auch die Überschrift über der Thüre im goldenen Saale, und zeigte ihm das Gemählde. Da eilte der zweyte Bruder auch hinaus, und sammelte emsig, und sammelte bis an den Abend; aber er hatte keine drey hundert der kleinen Perlen beysammen, da ging die Sonne unter, und er sank nieder, und war ein Stein, wie sein Bruder.

Nun kam der dritte Morgen. Da stand das eisgraue Männlein bey dem jüngsten Königssohn, und führte auch ihn in den Saal, und ließ ihn die Schrift lesen über der Thüre, und zeigte ihm das Gemählde, und winkte ihm hinaus zu gehen, weil er traurig da stand. Da ging der dritte Königssohn hinaus, und sah die kleinen, kleinen Perlen so weit zerstreut und im Moose versteckt; und als er das sah, und merkte, daß es unmöglich sey, sie zu sammeln, bis auf die lezte, da setzte er sich hin, und weinte bitterlich, und beklagte seinen armen Vater, der jetzt alle seine Kinder verloren habe. Und wie er so weinte, und wehklagte, da hörte er eine Stimme ihm rufen: »Warum weinst du lieber Fremdling?« Da sah er auf, und erblickte den Ameisenkönig, und klagte dem seine Noth.

Der Ameisenkönig aber sprach: »Ist es weiter nichts? o dann sey nur ruhig, dann soll dir bald geholfen seyn.« Als er dieß gesagt, ging er in den Ameisenhaufen, und kam bald mit mehr denn fünftausend Ameisen hervor, und alle sammelten an den Perlen, und zählten sie dem Königssohn in den Hut; und als er sie alle hatte, bis auf die lezte, da sprach der Ameisenkönig: »Gehe hin, du hast sie alle! und danke mir nur gar nicht, denn du hast noch mehr verdient, als diesen kleinen Gefallen.«

Da lief der jüngste Königssohn hinein in das Schloß, und brachte dem Männlein die Perlen. Und das eisgraue Männlein erstaunte darüber; und führte ihn wieder in den goldenen Saal und berührte eine andere Wand. Diese that sich wieder auf, und es stellte sich ein Gemählde dar, das den See bedeutete, worauf der Entenschwarm sich aufhielt, und darunter standen die Worte: »In der Tiefe des Sees liegt der Schlüssel zu dem Schlafgemach der Prinzessin Pyrola, und ihrer zwey ältern Schwestern. Du mußt ihn gefunden haben, ehe die Sonne niedergehet.«

Und der Königssohn erkannte den See, und eilte hinaus, und kleidete sich aus, um hinein zu baden und den Schlüssel zu suchen. Doch wie er hineinsteigen wollte, da schwamm der König der Enten zu ihm her, und fragte: »Was begehrst du lieber Fremdling?« Da sagte der Königssohn, was er in dem See suchen wollte. Aber der Entenkönig antwortete: »Der See ist für dich zu tief: laß mich für den verlorenen Schlüssel sorgen.« Und er befahl allen Enten unterzutauchen, und den Schlüssel zu suchen, und sie tauchten unter und gleich brachte eine den verlorenen goldenen Schlüssel in ihrem Schnabel herzu, und der Entenkönig überreichte ihn dem Königssohn und sprach: »Nimm ihn hin, und danke nicht, du hast noch mehr um uns verdient, als diesen kleinen Gefallen.«

Er eilte sich aber, und brachte den Schlüssel dem eisgrauen Männlein, und kaum hatte es den Schlüssel in Händen, da bekam es seine Sprache wieder, und dankte dem Königssohne mit Freudethränen, und sprach: »Schon zweytausend Jahre muß ich hier lebendig, aber stumm, sitzen in diesem Schlosse, und auf Erlösung harren. Nun hast du glücklicher Fremdling nur noch ein Geschäft, aber das schwerste, dann ist dein Glück gegründet.«

Da fragte der jüngste Königssohn, was das wäre. »Drey Töchter habe ich,« sprach das graue Männlein, »Ich bin der König von diesem verzauberten Schloß und Lande. Diese drey Töchter sind mir von ihrer eigenen Mutter, die eine böse Fee war, verzaubert, und liegen nun seit zwey tausend Jahren in einem todtenähnlichen Schlafe. Die älteste, R u b i a genannt, verzauberte sie durch ein Stück Zucker; die zweyte, B r i z a genannt, durch einen Syrup; aber meine jüngste Tochter, P y r o l a, durch einen Löffel voll Honig. Eine meiner Töchter sieht der andern völlig gleich, und alle scheinen von gleichem Alter; aber P y r o l a, meine jüngste Tochter, ist mir besonders lieb. Und gerade an ihr muß die Erlösung geschehen; an ihrem Hauche muß man erkennen, welche von den dreyen den Honig gegessen, ob gleich seit dem zweytausend Jahre verstrichen sind.«

Als er dieses gesagt, führte der unglückliche König den Königssohn heraus, und schloß die dritte Säulenpforte auf. Da waren alle Zimmer mit edeln Steinen von allen Farben geziert; Wohlgerüche und sanfte Töne schwebten aus dem Hintergrunde hervor; Kühlung wehte ihnen entgegen; und in einer Bettstätte, die mit Laubwerk von grünen und farbigen Edelsteinen umgeben war, lagen in dem höchsten, mittelsten Saale, wie todte Marmorbilder R u b i a , B r i z a und P y r o l a, alle drey von ausnehmender aber gleicher Schönheit. Die Pracht des Saales und die Schönheit der Prinzessinnen, die Musik und die Wohlgerüche betäubten ihn ganz, daß er nicht mehr wußte, was er da thun sollte, bis ihn der König des Schlosses daran erinnerte, und sprach: »Die Sonne steht im Mittage. Wenn sie niedergeht, und du hast noch nicht erkannt, welche die jüngste ist, so trifft dich gleiches Schicksal, wie deine Brüder, und ich muß wieder stumm sitzen, wie vorher, bis sich wieder ein anderer Fremdling hierher verirrt.

Erkennst du aber, ohne zu rathen, meine Tochter Pyrola, so ist sie deine Gemahlinn, und du erbst mein Reich.«

Der jüngste Königssohn aber eilte hinaus, und jammerte und weinte, und der Wald hallte wieder von seinen Klagen. Und wie er so klagte und jammerte, hörte er eine Stimme ihm rufen, und zu ihm sagen: »Was klagst du lieber Fremdling?« Da sah er auf, und erkannte die Bienenköniginn auf dem Baumstamme sitzen. »Ach!« sagte er, »wie kann ich das erkennen, welche von drey Prinzessinnen vor zwey tausend Jahren Honig gegessen hat?«

»Was?« fragte die Bienenköniginn, »ist es weiter nichts? Wie magst du darum auch so klagen? Ich will dir eine Biene mitgeben, die soll um alle herum fliegen, aber die ist es, der sie sich auf die Lippen setzt.« Darauf ging die Königinn hinein in die Höhle, und eine Biene flog heraus, und setzte sich ihm auf die Schulter, und er trug sie in den Saal zu den schlafenden Königstöchtern. Da flog sie zu allen, und schwärmte herüber und hinüber, und setzte sich endlich auf den Mund der mittelsten.

Da sprach der Königssohn zu dem eisgrauen Könige: »Die mittelste ist Pyrola, deine jüngste Tochter.« Und kaum hatte er das gesagt, da krachte und donnerte und blitzte es, als wollte die Erde zusammenstürzen; und alles war verändert: das kleine graue Männlein stand da als ein würdevoller, majestätischer alter König; die Prinzessinnen standen in blühender Schönheit da, und umarmten ihren Vater, und die jüngste, Pyrola, kam herzu und dankte ihrem Erretter, dem jungen Königssohne; und der junge Königssohn umarmte sie, und nannte sie seine Braut; Diener gingen aus und ein; im Schloßhofe war ein Pferdegetrappel; sie gingen an's Fenster, da war um sie nicht mehr die alte Wildniß; eine prächtige Stadt stand da, und weiterhin sah man auch fruchtbare Felder, und viele glückliche Fluren und Dörfer; und in den Strassen war ein Gewühl und alles ging so ordentlich, als wäre da gar kein Wunder geschehen, als wäre alles beym Alten; niemand schien davon etwas zu wissen.

Auch in den Saal kamen einige Diener. Da ließ der König den Königssohn nehmen und seine Tochter Pyrola, und ließ sie setzen in eine prächtige offene Kutsche, vor die er zwölf Schimmel spannen ließ, und vier und zwanzig Männer in Purpur und Gold gekleidet ließ er vorausreiten mit Posaunen, und ließ den Königssohn und seine Tochter Pyrola ausrufen als König und Königinn des Landes. Darauf wurde ein köstlich Gastmahl gehalten, wobey es an nichts fehlte, was den Tag verherrlichen konnte. Und wie sie so da sassen in grossem Jubel, liessen sich zwey fremde Ritter melden. Man ließ sie ein, und siehe da! es waren des jungen Königs Brüder. Und abermahls wurde ein Fremdling gemeldet, und als er hervortrat, da sprangen die drey Königssöhne von ihren Sitzen und bewillkommten ihn mit Freudengeschrey. Es war ihr Vater. Er hatte sich aufgemacht, seine verlorenen Söhne zu suchen, und war eben in dieser Stadt angekommen.

Drey Monate blieb der Vater der Königssöhne da, und so lang er da war, dauerten die Feste, wovon immer eines das andere an Pracht übertraf. Dann zog er mit seinen zwey ältesten Söhnen heim. Sie sollen sich von ihren ehemahligen Fehlern gebessert, und in des alten Königs Reich getheilt haben. Auch soll der älteste die Prinzessinn Rubia, der zweyte die Prinzessinn Briza zur Gemahlin genommen, und beyde sollen lange und glücklich regiert haben.

Der jüngste aber und Pyrola wurden noch über hundert Jahre alt, und beglückten ihre Unterthanen. Ein fremder König regierte nach ihm auf seinem Throne, und durch ihn wurden die Menschen wieder so verschlimmert, daß eine grosse Sündfluth über das Land kam. Und seitdem ist jenes Land, das Land der Mährchen, versunken, und nur noch diese Sage ist von ihm übrig geblieben.

VI. Die drey Königstöchter, oder der Stein Opal, ein Mährchen.

Die drey Königstöchter I. (Albert Ludewig Grimm: Kindermährchen)

Die drey Königstöchter II. (Albert Ludewig Grimm: Kindermährchen)

1.

Es war einmahl ein König, der hatte drey Töchter, und einen Sohn, die er durch einen Weisen erziehen ließ; denn ihre Mutter war frühe gestorben, und er hatte zu viele Sorgen für sein Reich, als daß er viel Zeit auf die Erziehung seiner Kinder hätte verwenden können. Seit dem Tode seiner Gemahlinn war der König aber traurig, und konnte durch nichts erheitert werden. Und dem ganzen Lande lag diese Traurigkeit an; denn man fürchtete, der König möge sich nach und nach zu Tode grämen. Da kamen die drey Königstöchter zu dem Weisen, und fragten ihn, was sie thun sollten, daß ihr Vater wieder Freude zum Leben bekäme; denn sie wußten, daß der Weise in Indien die geheimen Kräfte der Natur studirt, und daß er mehr, denn menschliche Einsicht und Macht hatte.

»Eure Mutter wird euch das sagen!« antwortete ihnen der Weise.

»Unsere Mutter ist ja todt, wie kann uns die rathen?« fragten die Mädchen.

»Geht hinaus,« sagte der Weise, »an dem Grabe Eurer Mutter werdet ihr's erfahren.«

Da gingen sie hinaus an das Grab ihrer Mutter, und knieten sich nieder, und beteten kindlich fromm, und setzten sich um die Urne auf dem Grab, und lehnten sich daran und schlummerten ruhig ein. Da umgauckelte sie alle ein wunderlieblicher Traum. Es war ihnen, als schauten sie auf zum Himmel in das weisse lämmerartige Gewölke. Das zertheilte sich aber plötzlich, und Harfenton und Flötenlaut umschwebte ihr Ohr; der blaue Äther that sich auf, buntfarbiger Lichtglanz strahlte heraus, und fromme Kindlein mit goldglänzenden Flügeln stiegen auf Wolkenstufen herab, und lagerten sich um sie her, und sangen wunderbare Lieder. Jetzt brach ein rosiger Schein hervor, und auf einer lichten duftigen Wolke schwebte ihre verstorbene Mutter herab. Um den Leib trug sie einen seidenen Gürtel mit diamantenen Sternen, und um ihr Haupt hing ein Kranz von strahlenden Blumen. Sie nahm ihre lieben Töchter alle in den Arm, und drückte sie an ihr Herz. Da fragten sie: »Wie kann der Vater wieder froh werden? wie machen wir's, daß er seine Traurigkeit verliert?« Und sie antwortete ihnen: »den Stein Opal müßt ihr ihm finden, dann wird seine Heiterkeit wiederkehren.«

Da sprachen die Königstöchter: »Wo finden wir aber den Stein Opal?« Und ihre Mutter griff an ihren strahlenden Blumenkranz, und gab jeder eine Lilie, und sprach: »diese sey eure Führerinn; wenn sie ihren Glanz verliert, dann seyd ihr auf unrechtem Wege. Mehr darf ich euch nicht sagen.«

Die Musik, die bisher nur leise getönt hatte, als käme sie aus weiter Ferne, fing wieder von neuem an; die frommen Engelskindlein stiegen auf und nieder auf den lichten Wolkenstufen; um die Mutter sammelte sich eine schöne duftige Wolke, und langsam ward sie aufgehoben. Die Musik tönte immer ferner, immer leiser, bis sich der Äther wieder mit blau schloß, und die Wolkenlämmer wieder am Himmel hinzogen, wie vorher.

Es war schon etwas dämmerig, als die drey Mädchen erwachten. Jedes sahe sich um, wo es wäre, jedes fragte das andere; jedes erzählte den gehabten Traum, und jedes hatte denselben Traum gehabt. Sie waren verwundert und wollten nach Hause gehen. Einmahl noch knieten sie nieder vor dem Grab ihrer Mutter, und beteten kindlich fromm. Wie sie aber das Wörtlein »Amen« sagten, hörten sie wieder einige Töne der Musik, und in dem Augenblicke sahen sie alle zumahl ihre strahlenden Blumen vor dem Grabe liegen.

Da nahm jedes eine der Lilien, und sie gingen hin zu dem Weisen, und sprachen: »Wir haben alle einen Traum gehabt auf dem Grabe der Mutter. Den Stein Opal müssen wir finden, dann verliert unser Vater die Traurigkeit. Sprich, wo finden wir diesen Wunderstein?«

Da sprach der Weise zu den Königstöchtern: »Ihr müßt ziehen in das Reich India. Dort verwahrt ihn eine Fee, genannt Tellus. Ihr müßt aber rein seyn von Lüge und Eigennutz, und viel Wunder müßt ihr ohne Schrecken vernehmen, sonst erringt ihr nie den gesuchten Stein. Folget diesem Vogel!« sprach er, und faßte einen Stein von der Erde, und warf ihn in die Lüfte; und der Stein ward ein grosser Vogel, der langsam voraus flog, und ihm folgten die Königstöchter.

Und sie zogen durch viele Länder und Reiche der Erde; der grosse Vogel zog immer voraus, und kamen sie an einen Kreuzweg, oder an einen Ort, wo der Weg sich schied, so folgten sie den Strahlen, die ihre Lilien immer nach der richtigen Strasse hin warfen. Und wo sie Abends herbergeten, da brachte ihnen der Vogel immer ihre Speisen, und was sie nur brauchten.

So führte sie der Vogel immer fort, bis sie kamen in das Reich India; und sie durchzogen das Reich, und kamen an die äusserste Gränze desselben. Da verließ sie der Vogel am Ufer des Meeres, und kam nimmer zurück. Und sie sassen einen ganzen Tag an dem Rande des Meeres, und sahen vor sich die Sonne aufgehen, und sahen sie untergehen im Abendlande; und klagten unter einander, und beriethen sich, was sie thun wollten. Wie aber die Sonne unter war, und der Mond herauf kam, erblickten sie nahe in den Fluthen ihren Vogel. Er wiegte sich sanft auf den Wellen des Meeres, und schien sie einzuladen, zu ihm zu kommen.

Und sie warfen sich in das Meer, und schwammen hin zu dem Vogel. Da rauschte das Wasser auf, und aus den Wellen erhob sich schwimmend ein Weib, nicht wie die Frauen der Erde, voll wundervoller Schönheit. Sie sprach zu ihnen: »Was sucht ihr?« »Wir suchen den Stein Opal,« antworteten die Königstöchter. Da sprach das Weib: »Noch steht euch frey zurück zu kehren. Prüfet euch; fühlt ihr Muth in euch, das zu sehen, zu hören, was nur Geister bisher vernommen haben? Ist euer Streben rein? Noch könnt ihr zurückkehren.«

»Wir haben Muth, die Wunder zu sehen, die der Erde Schoos verbirgt, und rein ist unser Streben, den Stein Opal zu finden. Führe uns.« So sprachen die drey Königstöchter, und fasseten einander bey der Hand, und tauchten mit ihr unter. Aber sie bedurften der Luft nicht mehr zum Leben, denn sie wandelten an der Hand einer Fee. Und sie kamen auf den Grund des Wassers; über ihnen braußten die Wellen, und unter ihnen dröhnte der Boden.

Durch eine kühle Grotte führte der Weg. Aber die Grotte war von dem klarsten Krystall, und farbige Strahlen spiegelten sich in den vieleckichten Steinen. Und sie kamen in einen dunkeln Saal, an dessen Decke sich Sterne drehten, und der Mond wandelte daran auf und nieder. Und sie schauten hinauf. Da schlug ihr Herz ruhiger. Aber die Sterne kreißten und drehten sich in immer schnellerem Tanze, und verschlungen sich zu mancherley Gestalten, die sie wohl an ihre frühe Kindheit erinnerten.

Da scholl donnernd eine Stimme durch den Saal: »Was sucht ihr Töchter der Oberwelt in dem Schoose der Erde?«

Aber die Königstöchter waren erschrocken, und antworteten mit verzagtem Muthe: »Wir suchen den Wunderstein Opal.«

Abermahls erscholl die donnernde Stimme, und sprach: »Ihr seyd eingetreten in das Reich der Königinn Tellus, die da Königinn ist über die Geister der Erde; ihr seyd kommen, zu hohlen ihr schönstes Gut. Ohne Beschwerde erlangt ihr es, wenn es für euch selbst ist.«

Da glaubten sie durch List gleich den Stein zu erhalten, und sprachen: »Ja er ist für uns selbst.« Und sie blickten nach ihren Blumen; ihr Glanz war erloschen; die Sterne versanken; der Mond war ver schwunden, und durch den dunkeln Saal donnerte zum drittenmahle die Stimme: »Ihr habt die Wahrheit verhehlt, und habt eine Lüge gesagt. So versinket denn in dem Brunnen der Reue!« Und der Boden sank unter ihnen, und sie lagen in dem Brunnen der Reue.

2.

Aber der uralte König gerieth noch in grössere Traurigkeit, als seine Töchter fort waren, und schickte viele Kundschafter aus gegen Morgen und gegen Mittag und gegen Abend und gegen Mitternacht; aber keiner war, der ihm Kunde gebracht hätte von seinen drey Töchtern. Da wollte sein Sohn ausziehen, seine Schwestern zu suchen; der König aber gab's nicht zu, denn er fürchtete, ihn auch zu verlieren. Endlich zehrte ihn der Gram auf, und er starb in seinem hohen Alter.

Da der junge Königssohn aber die Leiche seines Vaters beerdigt hatte neben dem Grabe seiner Mutter, ließ er seine Räthe und alle Hohe des Reiches zusammen kommen, nahm Abschied von ihnen, und zog aus, seine Schwestern zu suchen, nachdem er den Räthen das Wohl des Reichs empfohlen hatte. Und zog weit umher in fremden Landen, und kam endlich in das Reich India, und an den Strand des Meeres. Traurig setzte er sich nieder und blieb da den ganzen Tag, und sah den Mond herauf kommen aus den Wellen. Und fern auf den Wellen hört er's rauschen, und blickte auf, und sah sich's bewegen im Mondenscheine. Er horchte auf, und deutlich hört er's singen, wie Geisterton:

»Tauch unter,
Die Wunder
Der Erde zu sehen.
Kannst wohl auch erreichen
Den Stein, ohne Gleichen,
Den Stein Opal.

Tauch unter,
Die Wunder
Der Erde zu sehen.
Drey Schwestern voll Treue
Im Brunnen der Reue
Gefangen sind.

Tauch unter,
Die Wunder
Der Erde zu sehen.
Die Güter der Erden
Bereitet werden
In Tellus Reich.«

Jetzt erblickte er den Vogel, der seine Schwestern hierher begleitet hatte; und da er sah, daß der Vogel ihm winkte, warf er sein Kleid von sich, und schwamm hinaus. Da rauschte das Wasser auf, die Fee erschien, und fragte ihn: »Was suchst du?« »Drey Schwestern will ich erretten aus dem Brunnen der Reue!« antwortete der Jüngling. Darauf sprach die Fee: »Noch steht dir frey zurückzukehren. Fühlst du Muth in dir, das zu vernehmen, was kaum der menschliche Sinn ertragen kann? Ist dein Streben rein? willst du sonst nichts?«

»Mein Streben ist rein!« antwortete der Jüngling, »aber auch den Stein ohne Gleichen, den Stein Opal will ich erringen, und will schauen die Wunder der Erde.« Da faßte sie ihn bey der Hand, und nahm ihn mit sich in die Tiefe des Wassers, und führte ihn ein durch die kühle Grotte in den dunkeln Saal, wo die Sterne sich drehten und der Mond auf und nieder wandelte. Donnernd scholl eine Stimme durch den hallenden Saal, und fragte: »Was suchst du, Sohn der Oberwelt, in dem Schoose der Erde?« Und beherzt antwortete er: »Drey Schwestern will ich erretten aus dem Brunnen der Reue.«

Da hallte abermahl die Stimme durch den Saal, und rief: »Wenn es nicht deine Schwestern sind, sollen sie dir gleich frey gegeben werden.« »Ich weiß es nicht,« antwortete er, »aber ich vermuthe, daß es meine Schwestern sind.« Und zum drittenmahle hallte eine Stimme durch den Saal, und rief: »Du hast nicht verheimlicht deines Herzens Gedanken, darum sey dein Wunsch dir gewahrt!« Und vor ihm that der Boden sich auf, und aus dem Brunnen der Reue stiegen auf seine drey Schwestern und er bewillkommte sie herzlich. Der Boden aber schloß sich wieder.

Die Fee war verschwunden gewesen; jetzt trat sie wieder zu ihm, und führte ihn ein durch eine goldene Pforte. Seine Schwestern mußte er zurück lassen. Da war ein grosses marmornes Gewölbe. Bey einer düstern Lampe saß ein Greis, und las in einem grossen Buche; und als die Fee zu ihm trat, stand er auf, und sie sprachen miteinander; aber der Jüngling verstand nicht, was sie sprachen. Er schaute umher an den Wänden; da waren wunderbare Zeichen eingegraben; und er schaute auf zur Decke, da brannte, wie Phosphor, die Schrift: »S c h i c k s a l e d e r E r d e n b e w o h n e r.« Und er sah nach der Pforte, durch die er gekommen war; da las er die Worte: »Schaue! aber frage nicht!« Darum schwieg er, und fragte nicht nach dem Sinne der Bilder und Züge.

Endlich trat der Greis mit der Fee wieder zu ihm, und er fiel auf die Kniee unwillkührlich. Und der Greis fragte: »Weißt du dich rein von Sünden, Jüngling?« »Ich bin mir keiner Sünde bewußt, o Greis!« antwortete er voll Ehrfurcht vor dem Ernste des Greisen. Da machte ihm der Greis ein Zeichen auf die Stirn, und der Fee machte er ein Zeichen in die Hand, und winkte ihnen zu gehen.

Und sie gingen aus dem marmornen Saale durch einen dunkeln Gang, und kamen an den Eingang eines alten zerfallenen Thurmes. Die Fee winkte ihm stehen zu bleiben, und ging hinein. Er durfte aber durch die Pforte hinein sehen. Da saß ein Greis an einem Rade, und spann die Haare seines eigenen Bartes mit grossen Schmerzen zu einem Strick, und wie er spann, wuchsen ihm die Haare immer nach. Vor sich hatte er eine Tafel aufgehangen mit wunderlichen geheimnißvollen Figuren, ähnliche Figuren waren auf den Boden gezeichnet. Als aber die Fee zu ihm trat, schaute er um mit einem zornigen Blick, und rief: »Was willst du?« Da wieß sie ihm das Zeichen in ihrer Hand, und der Greis ward wie wüthend, und riß sich ein Haar aus seinem Bart, und warf's ihr zu. Sie weilte aber nicht länger, und nahm das Haar, bracht's dem Jüngling, und knüpft' es an einem Stein an, und hieß ihn, sich führen an dem andern Ende desselben, und er solle stets antworten nach seiner wahren Überzeugung, wenn er gefragt werde. Sobald er aber den Stein Opal habe, müsse er zurücke gehen, und das Haar darauf wickeln. Jetzt dürfe er fragen, was er wolle, und wenn er den Wunderstein habe, dürfe er auch thun, was er wolle. Als sie das gesagt, verschwand die Fee.

Aber der Jüngling faßte das Ende des Haares, und ging weiter, und mit jedem Schritte verlängerte sich auch das Haar. Und er kam an ein Bächlein; das strömte vorbey, und an dem Bächlein saß eine Mutter und weinte, aber alle ihre Thränen wurden Perlen, und fielen in das Bächlein, und es führte die Perlen in das Meer auf die Oberwelt, wo die Muscheln sie aufnahmen, und die Menschen darnach fischen.

Da trat der Jüngling zu ihr, und fragte sie, warum sie weine. Die Mutter zeigte ihm aber jenseits des Bächleins eine weisse Lilie, die war gewelkt auf ihrem Stengel, denn der Stengel war golden, und konnte nicht Nahrung saugen aus der Erde.

Und er ging weiter fort, und kam an eine Stelle, da wuchs eine Pflanze, nicht wie die Pflanzen dieser Erde, und doch schien sie das Muster zu seyn, wornach alle Gewächse gebildet sind; und aus allen Blättlein sang eine Stimme heraus, und begrüßte ihn mit sanften Tönen, sang ihm Trost und Muth in's Herz. Da strebte er mit neuem Muthe weiter, und kam an den Quecksilbersee. Drey Ströme flossen von ihm aus, und führten das Quecksilber hinauf in die Schachten der Berge.

Aber er getraute sich nicht weiter. Da rief eine Stimme ihm: »Jüngling, bist du rein von Sünden, so schreite vorwärts, und du wirst nicht untersinken.« Und er schritt vorwärts, und um ihn, dünkt es ihn, liefen die Ufer rings herum, und die Wellen des Sees gingen hin und her. Aber er schritt vorwärts, und kam jenseits glücklich an.

Und er kam an eine Pforte von Glase, die verschlossen war von innen. Da pocht' er an, und es rief eine Stimme: »Was willst du in der Behausung der Elemente?«

»Ich will schauen die Wunder in Tellus Reich; öffnet mir die Behausung der Elemente.« Da that sich das Thor auf, und er trat ein in die Behausung der Elemente. Da stand eine irdene Säule in der Gluth der Feuerflammen; und ein Luftstrom brach aus zur Seite, und drang hinaus auf die Oberwelt, und ein Wasserstrom drang aus zur andern Seite, und vertheilte sich in den Schoos der Berge; und es dünkte ihn, als sey die Behausung der Elemente ein Vorbild der Berge auf Erden, die Feuer ausspeyen.

Da er aber weiter ging, kam er an eine Pforte, die war zusammen gesetzt aus allen Metallen. Und als er anpochte, rief eine Stimme: »Was willst du in der Behausung der Metalle.« Und er antwortete wieder: »Ich will schauen die Wunder der Königinn Tellus; öffnet mir die Behausung der Metalle.«

Da that sich das Thor auf, und er kam in einen runden, gewölbten Saal, wo aus einem Quell die Metalle alle hervor wuchsen, und sich ausdehnten nach allen Enden, und sich drängten in die leeren Adern der Schachte, in die Poren der Steine und blieben da liegen, hart, von mancherley Farbe und mancherley Güte.

Aber der Jüngling ging weiter fort, und schritt über die wachsenden Metalle hin, und kam an eine diamantene Pforte. Da er nun anklopfte an die Pforte, rief eine Stimme ihm, und sprach: »Warum wagst du dich an die Wohnung der Königinn Tellus?« Da antwortete er: »Ich will hohlen den Stein Opal bey der Königinn Tellus.« Und zum zweytenmahle rief eine Stimme: »Wenn du den Stein Opal willst für andere, so soll er dir werden; willst du ihn für dich, so kehre um, Jüngling, denn dein Streben ist vergeblich.«

Wie er aber sich umkehrte, und zurück gehen wollte, da rief die Stimme zum drittenmahle: »Gehe ein! denn du bist wahr, und meidest die Lüge.« Und die diamantenen Thorflügel thaten sich auf, und der Jüngling ging ein. Aber er stürzte nieder, und barg seine Augen, denn sie konnten nicht ertragen den Glanz, der auf sie eindrang. Eine Stimme rief ihm: »Stehe auf!« und er richtete sich auf, und konnte hin sehen. Da saß auf einem Thron aus Diamant die Königinn, und ihre Dienerinnen um sie auf chrysolithenen Sitzen. Da standen Tische aus Onych-Steinen und darauf waren Gefässe aus Rubin und Sapphir; der Boden war belegt mit Türkis und Achat; die Säulen und Pfeiler waren aus Jaspis und Porphyr; die Decke war aus Lasur-Steinen, und Sterne darin aus Diamanten; Wandleuchter waren da, und in der Mitte ein Kronleuchter aus Karfunkel. Aber vor dem Throne der Königinn Tellus war ein Becken, darin floß ein Spiritus, der brannte in allerley Farben. Und die Königinn schöpfte von dem Spiritus aus mit einem diamantenen Löffel, und Dienerinnen gingen aus und ein, und trugen sapphirene Urnen; und die Königinn schöpfte ihnen von dem Spiritus in die Urnen; und sie gingen aus und träufelten ihn in die Schachten und in die Wasser, daß er Edelstein würde, und die Menschen ihn fänden, und auch hätten von den Schätzen der Königinn Tellus.

3.

Als aber der Jüngling umher geschaut, und sich erhohlt hatte von seinem Staunen, trat die Königinn zu ihm, und fragte ihn: »Was begehrst du, Jüngling?«

Da antwortete er: »Ich komme zu hohlen den Stein Opal.«

Die Königinn sprach: »Meiner Güter höchstes ist der Stein Opal. Wärest du es nicht, den ich aus Tausenden erwählt habe, hättest du nicht der Prüfung deiner schuldlosen Wahrheit so ganz bestanden, nimmer hättest du es wagen dürfen, meinem

Reiche zu nahen. – Wisse aber: der Weise, der dich erzog, ist mein Vater. Darum zog ich dich allen Erdenbewohnern vor.«

Als sie das gesagt, griff sie mit der Hand in den brennenden Spiritus, und brachte heraus den Stein ohne Gleichen, den Stein Opal. Sie reichte ihn dem Jüngling, und sprach: »Nimm ihn hin; mit ihm gebe ich dir Macht, in meinem Reiche zu thun, was du für recht hältst; mit ihm gebe ich mein unterirdisches Reich auf. Auf der Oberwelt werden wir uns wieder sehen.« Und damit war sie verschwunden, und der Spiritus war verloschen, die Edelsteine leuchteten allein noch durch die Dunkelheit der unterirdischen Nacht. Er sah der Ausgänge viele, und wußte nicht mehr das Thor, durch das er eingegangen war. Da hatte er zum Glücke noch das Ende des Haares. Und er fing an mit ihm zu umwinden den Stein Opal, und es führte ihn hinaus. Da krachte es plötzlich hinter ihm, und die Behausung der Königinn Tellus war zusammen gestürzt.

Er wand immer auf an dem Haare, und es führte ihn wieder durch die Behausung der Metalle; und als er vorüber war, da donnerte es hinter ihm, und der Saal stürzte zusammen, und die Quelle der Metalle war verschüttet. Darum wachsen die Metalle im Schachte der Berge jetzt nicht mehr.

Als er aber ging durch die Behausung der Elemente, sprach er: »Ihr unterirdischen Mächte, du Königinn Tellus, höret mich! die Elemente sollen fortan bleiben im Schoose der Erde!« Und die Elemente blieben, und strömen seitdem noch immer aus auf die Oberwelt.

Und er schritt wieder über den Quecksilbersee, und kam an die seltsame Pflanze, und brach sich einen Zweig derselben, und ging weiter. Da welkte die Pflanze, aber sein Zweig blieb frisch.

Da kam er wieder an das Bächlein, wo die Mutter saß, und Perlen weinte, wo jenseits die gewelkte Lilie stand, und sprach zu ihr: »Sprich, was bedeutet die Lilie auf dem goldenen Stengel?« Da antwortete die Mutter: »Die Lilie auf dem goldenen Stiele bedeutet meine Tochter Tellus, die ich unglücklich gemacht habe.«

»Wie hast du denn deine Tochter unglücklich gemacht?« fragte der Jüngling. Da antwortete die Mutter: »Sie war glücklich auf der Oberwelt, und freute sich über Blumen und Bäume und Berge und Thäler, und wußte nichts von irdischem Gut. Da kam eines Abends ein Mann zu uns, und ließ sie wählen zwischen einer Lilie, und dem Stein Opal. An der Lilie, sprach er, hinge das Reich der Oberwelt, und die Freude an Wald und Flur. Auch hänge von ihr ab das Reich der Gemüther und der Freundschaft und Liebe; mit dem Stein Opal stehe aber in Verbindung das Reich der Elemente und der Erdengüter, der Metalle und Perlen und Edelsteine. Da griff meine Tochter nach der Lilie; aber ich rief ihr zu, und winkte ihr auf den Stein Opal, denn mein Herz hing an den Gütern dieser Erde; und sie nahm den Stein, gehorsam dem Winke der Mutter.

Sie bekam zwar das Reich der Erdengüter, aber ihr Herz welkte unter den todten Steinen, und trauerte. Da erschien mir der ehrwürdige Greis, den du gesehen hast im Saale, wo die Schicksale der Erdenbewohner eingegraben stehen, und führte mich hieher. Und hier muß ich nun büßen, und Perlenthränen weinen, bis ein Anderer den Stein Opal besitzt, und ihn nimmt auf die Oberwelt.«

»Komm Mutter der Perlen,« sagte der Jüngling, »ich habe den Stein Opal, und nehme ihn mit auf die Oberwelt.« Die Mutter der Perlen folgte ihm, und sie kamen wieder an den Thurm, darin der Alte saß, und spann. Er trat hinein, und fragte ihn: »Was spinnest du die Haare deines eigenen Bartes mit großen Schmerzen zu Stricken?«

Da antwortete der Greis: »Darum, daß ich an dem Stricke mich niederlasse ins Meer der vergangenen Zeit, und wieder hohle die verlorenen Stunden. Darum geitze ich mit den Haaren und mit der gegenwärtigen Zeit.« Und als er das gesagt, warf er ihm einen zornigen Blick zu.

Und die Fee stand wieder bey ihm. Aber der Jüngling fragte: »Wo ist das Meer der vergangenen Zeit?« und faßte den Alten mit seinem Rade, und trug ihn mit sich. Da führte ihn die Fee hinaus, und zeigte ihm einen unergründlichen Abgrund. Da warf der Jüngling den Greis hinab, und sprach: »Gehe hinab in die Vergangenheit! Du warst, und die Zeit war. Warum hast du sie dir vorüber gehen lassen? Warum bist du nicht mit ihr gegangen?«

Und die Fee nahm den Jüngling bey der Hand, und stürzte sich mit ihm hinab in die Fluthen des Meeres der Vergangenheit, und sie schwammen an das andere Ufer; da saß seine ältere Schwester, die erste der Königstöchter, und schaute hinab auf die Tiefe des Meeres, auf die Thaten der Menschen, deren Bild sich dar auf spiegelte. Und vor sich hatte sie eine Tafel, und grub die Thaten darauf mit einem diamantenen Griffel.

Der Jüngling umarmte aber seine älteste Schwester, und nannte sie Wara, und nahm sie mit sich.

Die Fee führte sie weiter, und sie traten ein in einen Garten, schöner, denn die Gärten der Sterblichen. Ein Regenbogen war gezogen um die Decke des Himmels, und alle Farben lachten nieder auf den Garten, schönere Blumen blühten darin, und hauchten Wohlgerüche, süsser, als die Düfte der irdischen Blumen. Aber in der Mitte des Gartens stand eine Laube von Rosen und Jasmin, und drinnen saß die zweyte Schwester des Jünglings, die zweyte Königstochter, auf einem Sitze von Rosen und Lilien, und flocht Kränze aus den Blumen, die nie welkten.

Aber der Königssohn winkte ihr, und nannte sie Nossa, und sie nahm zwey ihrer nimmer welkenden Kränze, und folgte ihm. Und die Fee führte sie weg, und sie kamen an eine Stelle, da glühete ein mächtiges Feuer in ungeheurer Lohe, und mehr denn tausend Flammen züngelten roth und weiß und blau daraus in die Höhe, wie feurige

Wellen. Aber in der Mitte des Feuermeeres saß in himmlischer Klarheit, mit stiller Ruhe und sanfter Gelassenheit die dritte Königstochter, die dritte Schwester des Jünglings, und winkte ihnen.

Da schritten sie über die Flammengluth ohne Schaden zu ihrer Schwester, und der Jüngling nannte sie Gefione, und nahm sie mit sich, und sie schritten jenseits aus dem Feuer. Und die Fee stand wieder bey ihnen. Da fragte der Jüngling: »Wohin führest du uns jetzt?« Da winkte ihm die Fee, und sie gingen ihr nach, und kamen an einen Brunnen. Da fragten die drey Königstöchter: »Wie heißt der Brunnen?« »Er heißt Brunnen des Lebens,« antwortete die Fee, und schöpfte aus dem Brunnen mit krystallener Schale, und reichte ihnen zu trinken; und alle tranken davon, und sanken in tiefen Schlummer.

4.

Der Königssohn hatte einen wunderbaren Traum. Ihm war, er sehe die Königinn Tellus, wie er sie gesehen hatte in ihrem Reiche. Aber in ihrer Krone trug sie den Stein Opal. Da däucht es ihn, der Stein Opal falle heraus, und er ging hin, und hob ihn auf. Da welkte plötzlich die Königinn Tellus zusammen, und sank nieder, und die Erde that sich auf, und sie sank unter, und Blumen und Rasen wuchsen drüber her. Aber aus dem Rasen erhob plötzlich eine Lilie, weisser, als der Schnee, ihr reines Haupt, und blühete in ungewöhnlicher Fülle.

Aus diesem Traume erwachte der Jüngling. Aber wie erstaunte er? Er saß auf dem Throne seines Vaters, bey ihm saßen seine drey Schwestern, Wara, Nossa und Gefione, und vor ihn trat sein Lehrer, der alte Weise, und reichte ihm den Stein Opal, aus welchem die Lilie hervorwuchs, die er im Traume gesehen hatte.

Als aber der junge König den Stein und die köstliche Lilie berührte, da schwoll die Blume auf, und ward größer mit jedem Augenblick, es öffnete sich ihr Kelch, und aus ihm trat hervor in wundervoller Schönheit Tellus, die Königinn.

»Sie sey deine Gemahlinn!« sagte der Weise, »Sie ist meine Tochter, sey du mein Sohn.« Und Nossa kam und schwang ihre Blumenkränze ihnen um das Haupt, einen dem Könige, ihrem Bruder, und den andern der Königinn, ihrer neuen Schwester. Und das Volk hörte von der Wiederkunft seines Königs und von seiner Vermählung, und kam nun mit Jauchzen und Jubel, ihnen zu huldigen.

Aber die Wunderlilie, die sich wieder geschlossen hatte, und den Stein Opal hob der König wohl auf, und gründete mit seiner Gemahlinn ein Reich des Seegens und des Glückes. Er brachte die Güter und Schätze der Erde über seine Unterthanen; sie brachte das Glück des Himmels und seine Güter auf sie hernieder. Aber die drey

Königstöchter wandelten umher in dem Lande, und vertheilten die köstlichen Gaben unter die Menschen, und erschienen überall als gute, wohlthätige Engel.

Der Weise aber hatte seine Frau, die Mutter der Perlen, gesucht, und sie pflanzten miteinander den Zweig der seltsamen Pflanze, den der Jüngling mitgebracht hatte; und der Zweig wuchs auf, als ein Palmbaum an ihrem Schlosse, und brachte Frieden über das glückliche Land, und seine Blätter sangen Zufriedenheit in die Gemüther der Vorübergehenden.

Es ist aber untergangen dieses seelige Reich. Wie lang es gedauert – – niemand weiß es. –

Der Stein Opal ging wieder verloren. Aber Mächtige dieser Erde sollen ihn manchmahl wieder gefunden haben. –

Die Lilie ist verloren gegangen. – Vielleicht, daß sie von einer stillen, tief ahnenden Seele wieder gefunden wird! Es ist aber nicht zu hoffen, daß je wieder die Lilie so schön verbunden werde mit dem Stein Opal, als sie es war in jenem Reiche.

Die drey Königstöchter, W a r a , N o s s a und G e f i o n e aber wandeln immer noch um in dem Reiche, aber nur in wenige Hütten treten sie ein.

VII. Kleinere Märchen, Fabeln und Parabeln.

1. Die Elefanten und die Hasen.

Es war einmahl eine große Dürrung im Lande, daß schier alle Brunnen austrockneten und alle Quellen versiegten. Da litten alle Thiere Mangel, besonders die Elefanten. Und sie sagten zu ihrem Könige, sie wollten andre Weide und Wasser suchen. Das war der König zufrieden; und sie wählten ein Paar von sich aus, daß sie Wasser und gute Weide suchen sollten. Und sie gingen aus, und fanden einen Ort, da war ein Brunnen, der hieß Brunnen des Monds, darum, weil er von allen Thieren für einen Lieblingsort des Mondes gehalten ward, und weil der Mond sich besonders klar und schön darin spiegelte.

Als nun die Kundschafter heim kamen, sagten sie zu dem Könige und den übrigen Elefanten: »Kommt, folget uns, wir haben einen Ort funden, da ist ein Brunnen, der heißt Brunnen des Monds, und sein Wasser ist besonders frisch und wohlschmeckend.«

Und der Elefantenkönig folgte ihnen, und sie zogen alle zu dem Brunnen des Mondes. Als sie aber dahin kamen, wohnten da die Hasen mit ihrem König; und wo die Elefanten gingen, traten sie mit ihren schweren Füssen die Höhlen der Hasen zusammen, und traten auch viel Hasen todt. Da liefen die Hasen zu ihrem Könige, und klagtens ihm, und begehrten von ihm, er solle das Unglück abwenden.

Und der Hasenkönig berief alle seine Räthe zusammen, und sprach: »Ich gestehe, daß ich nicht die Weisheit habe, mein Reich zu schützen gegen diese großen Feinde. Rathet ihr mir, so gut ihr könnt. Sollen wir weg ziehen, aus diesem schönen Lande? Das wäre doch auch Schade! Sollen wir förmlich Krieg anfangen mit den starken Elefanten? Was vermögen wir gegen sie?«

Da sprach einer der Räthe, des Hasenkönigs: »Nicht also, mein König, laß uns nicht verzagen. Freylich vermögen wir nichts gegen sie im Kriege; aber laß uns List brauchen, vielleicht bringen wir sie dann wieder aus dem Lande. Herr, wenn du mich zum Elefantenkönig schickest, so will ich das Unheil wenden. Damit du aber erfährst, was ich dort verhandle, so schicke einen von deinen getreuesten Dienern mit.«

Da antwortet' ihm der König: »Ich habe keinen Argwohn auf dich, darum gehe hin zum König der Elefanten, und sage ihm, was dir gut dünkt.« Und er machte sich auf in einer Nacht, da der Mond in vollem Schein stand, und ging hin zum Brunnen des Monds, und rief dem König der Elefanten, und stellte sich auf einen Hügel, und Sprach zu ihm: »Der Mond schickt mich zu dir. Rechne mirs nicht zu, was ich dir sagen werde. Denn ich muß thun, was mir mein Herr gebeut.«

Da sprach der König der Elefanten: »Wie die Sonne die Königinn des Tages und aller Könige Königinn ist, so ist der Mond, der König der Nacht und aller Könige König. Darum sprich, was mir der Mond gebeut?« Und der Hase sagte: »Der Mond läßt dir sagen, du begnügest dich nicht damit, zu seyn der König der Elefanten, du seyst auch gekommen zum Brunnen des Mondes, wo die Hasen wohnen, und habest ihrer viele zertreten, ihre Wohnungen zerstört, und ihr Futter gefressen; ja, du habest sogar gewagt, das Wasser in dem Brunnen des Mondes mit euern Rüsseln trübe zu machen. Nun gebeut er dir, daß du solches nicht mehr thuest, sonst will er euch die Augen trübe machen und euch verjagen. Darum hat mich der Mond zu dir geschickt, daß ich dir dieses sage. Und wenn du nicht glaubst, so gehe jetzt mit mir zum Brunnen des Monds, da wirst du selbst seinen Unwillen merken.«

Als der Elefantenkönig das hörte, erschrak er, und ging mit dem Hasen. Und als er in das Wasser sah, so sah er darin das Bild des Mondes abgespiegelt. Da sagte der Hase: »Strecke einmahl deinen Rüssel hinein, so wirst du merken den Unwillen des Mondes.« Und der Elefantenkönig streckte den Rüssel hinein, und wie er das Wasser berührte, so erzitterte es und des Mondes Bild zitterte zugleich auf den bewegten Wellen. Darüber erschrak er und fragte: »Warum zürnet der Mond? Weil ich mit meinem Rüssel das Wasser berührte?«

»Du sagst wahr!« antwortete der Hase. Da bekam der Elefantenkönig noch größern Schrecken, und sprach: »Herr Mond, ich will nicht mehr gegen dich sündigen, und will mit den Meinigen von hinnen ziehen.« Und so räumte er das Land der Hasen.

Aber die Hasen freuten sich darüber, und rühmten den König; denn er hatte doch auf klugen Rath geachtet, wenn er gleich selbst sie nicht retten konnte.

2. Der Affe.

Ein Mann war hinaus gegangen in den Wald, und spaltete da einen ungeheuer langen Baum der Länge nach in Scheiter. Da bekam er Durst und ging weg an eine Quelle des Waldes, zu trinken, und die Axt ließ er zurück bey dem Baume.

Aber ein Affe hatte ihm zugesehen von einem Baume herab; und als der Mann weg war, stieg er herunter, und wollt es ihm nachmachen. Und er setzte sich auf den Baum, und führte etliche Streiche darauf, daß das Holz einen großen Spalt bekam. Aber sein Schwanz gerieth ihm in den Spalt, und als er die Axt heraus zog, klemmte sich das Holz wieder zusammen, und hielt ihn so an seinem Schwanze gefangen.

Da schrie er laut vor großen Schmerzen, und der Mann sah ihn, und rief seine Freunde, daß sie kamen, und ihn gefangen nahmen.

So kam der Affe durch seinen Vorwitz um seine Freyheit.

3. Sokrates.

Sokrates, der Weise Griechenlands, hatte muthig gekämpft gegen die Feinde, und seine Landsleute freuten sich deß, und wollten ihm die Krone der Tapferkeit aufsetzen. Er wich aber aus, und weigerte sich, dieselbe anzunehmen. »Gebt diese Krone dem jungen Alkibiades,« sprach er, »der auch unter den Tapfersten gestritten.« Und man gab dem jungen Alkibiades die Krone.

»Warum nahmst du aber die Ehrenkrone nicht an?« (warfen ihm seine Freunde vor) »da du sie doch verdientest?«

Sokrates aber setzte sich in die Mitte seiner Freunde und Kriegsgenossen, und belehrte sie durch ein Gleichniß:

Am Tage der Schöpfung wurde von dem schaffenden Geiste ein alter stämmiger Eichbaum gepflanzt und ein zärterer junger; und der Gott versprach, am Abende den von beyden zu tränken, der den Tag über am frischesten grüne. Und die Bäume standen in den Gluthen der neugeschaffenen Sonne, und freuten sich ihres Pflanzenlebens, und grünten die Zeit des Tages über mit glänzendem Laube, der alte Eichbaum, wie die junge Eiche. Aber gegen den Abend war die junge Eiche beynahe ermattet, denn ihre Wurzeln waren noch nicht so tief gedrungen, und die Oberfläche der Erde war ausgetrocknet von dem Sonnenschein, daß sie fürder nicht mehr Nahrung daraus saugen konnte.

Aber die Sonne tauchte hinter die blauen Berge, und es ward Abend; und der Gott sandte den Pflanzenengel mit einer krystallenen Urne, voll erfrischenden Thaues. Und der Engel goß ihn über den stämmigen Eichbaum aus, denn in seinem Grün war ein kräftigeres Leben den Tag über. Darum tränkte ihn der Engel.

Aber der Eichbaum schüttelte sein Haupt und goß den Thau auf die nachbarliche junge Eiche hin, und erfrischte sie, daß sie den folgenden Tag wieder von neuem frisch grünte, wie den ersten Tag. Aber auch der alte Eichbaum stand da im vollen kräftigen Blätterschmucke, am zweyten Tag, wie am ersten Tag.

Er hatte der Erfrischung nicht bedürft, denn seine Wurzeln waren schon tief gedrungen in den Schoos der Erde; die junge Eiche aber hatte der Erfrischung bedürft, um den Grund zu fassen. Darum hatte der alte Eichbaum gerne seinen Thau auf die junge Eiche herabgeschüttelt.

4. Das Wasserhuhn.

Das Wasserhuhn. (Albert Ludewig Grimm: Kindermährchen)

Eine Taube hatte ihr Nest auf einen hohen Baum gemacht, und brütete daselbst ihre Eyer aus. Sobald die Jungen aber flügge waren, kam immer ein Fuchs und drohte ihr, er werde hinauf kommen und sie mit den Jungen aufzehren, wenn sie ihm dieselben nicht gutwillig gäbe. So brachte er sie immer dahin, daß sie ihm ihre Jungen selbst herab warf, damit nur sie selbst sicher seyn könnte.

Einst saß sie auf ihrem Neste, und brütete traurig auf ihren Eyern. Da kam ein Wasserhuhn, welches im nahen Schilfe sein Nest hatte, und sich von dem Samen der Wasserpflanzen und allerley Gewürm nährte. Dieses fragte die Taube, warum sie so traurig wäre, da sie doch ihre Jungen bey sich habe.

»Ach!« antwortete die Taube, »was können mich meine Jungen freuen? Sobald ich sie ausgebrütet habe, kommt ja immer der Fuchs, und droht mir, bis ich sie ihm hinabwerfe.«

Da sprach das Wasserhuhn: »Kennst du den betrügerischen Fuchs noch nicht? Laß ihn nur drohen so viel er will, und behalte deine Jungen. Denn er kann doch sicher nicht auf deinen hohen Baum zu deinem Neste. Laß dich nur nicht von ihm schrecken.«

Das merkte sich die Taube, und als der Fuchs kam, und ihr wieder ihre Jungen abdrohen wollte, sagte sie ganz gelassen: »Ja ja, wenn du Lust hast, mich mit meinen Jungen zu fressen, so komm' nur herauf!« Und so höhnte sie ihn lange. Endlich fragte er sie, wer ihr gerathen habe, es so zu machen. Die Taube sagte es ihm, und zeigte ihm auch die Wohnung des Wasserhuhns, das er gleich aufsuchte, und ein Gespräch mit ihm begann. »Ey!« fragte er, »du bist hier ja dem Winde und Wetter ausgesetzt. Wie machst du es denn, wenn der Wind geht?«

»Wenn der Wind geht?« sagte das Wasserhuhn. »Ey kommt er von der rechten Seite, so wende ich mein Haupt gegen die linke, kommt er von der linken, so wende ich es gegen die rechte Seite.«

»Das ist wohl gut,« sagte der Fuchs, »aber wie machst du's, wenn es von allen Seiten her stürmt?«

»O, auch dann hat's keine Noth,« antwortete das Wasserhuhn, »dann stecke ich meinen Kopf unter den Flügel.«

Da hob der Fuchs an: »O selig seyd ihr Vögel vor allen andern Geschöpfen! ihr flieget zwischen Himmel und Erde, und das so schnell, wie andre Geschöpfe unmöglich laufen können. Und dazu habt ihr noch die Gnade, daß ihr euere Häupter zur Zeit des Sturmes unter den Fittigen verbergen könnt. Das dünkt mir aber beynahe unmöglich. Wie kannst du denn deinen Hals so herum beugen? Wie machst du das wohl? Zeige mir das doch einmahl.«

Das Wasserhuhn wollte es jetzt dem Fuchse zeigen, und steckte seinen Kopf unter den Flügel. Diesen Augenblick hatte der Fuchs erwartet. Er erhaschte jetzt den unvorsichtigen Vogel, und verzehrte ihn, indem er sagte: »Andern hast du rathen können, dir selbst aber nicht!«

5. Der Fuchs und der Hahn.

In einer kalten Winternacht war ein hungeriger Fuchs nach Speise ausgegangen, und hörte einen Hahn krähen auf einem Baume bey einem Mayerhofe. Da dachte er den mit List zu fahen, denn auf den Baum getrauete er sich nicht zu steigen. Und er stellte sich unter den Baum und fragte: »Ey Hahn, wie magst du so schön singen in dieser kalten Winternacht?«

»Ich verkünde den Tag,« antwortete der Hahn.

»Was, den Tag?« fragte der Fuchs verwundert, »es ist ja noch ganz finstre Nacht!«

»Ey,« erwiederte der Hahn, »weißt du denn nicht, daß wir Hahnen eine ganz besondere Natur haben. Wir fühlen es schon zum voraus, wenn der Tag nahe ist, und verkünden seine Nähe dann.«

»Das ist gar etwas Göttliches,« rief der Fuchs, »das können nur Propheten! O Hahn, wie muß ich dich bewundern und deinen Gesang.«

Nun krähete der Hahn zum andernmahl. Da fing der Fuchs an zu tanzen.

Und der Hahn fragte ihn: »Warum tanzest du denn?«

Der Fuchs antwortete: »Du singst ein fröhliches Lied, und ich tanze vor Freude; man soll sich ja freuen mit den Fröhlichen. O Hahn du bist der Fürst der Vögel! du fliegst durch die Lüfte; du singst so schön, wie kein Vogel ausser dir; du sagst gar künftige Dinge voraus; und ich sollte mich nicht freuen, daß ich einen so weisen Propheten habe kennen lernen? Wär' ich nur würdig immer um dich zu seyn. Du königlicher Vogel, du weiser Prophet! Komm doch herunter, daß ich dich nur einmahl küsse; daß ich mich bey meinen Freunden rühmen kann, ich habe das Haupt eines Propheten geküßt!«

Und dem Hahne gefiel dieß Lob so wohl, daß er sogleich vom Baum herab flog, und dem Schmeichler, dem Fuchse, sein Haupt darbot.

Aber der Fuchs faßte ihn mit seinen Pfoten, und rief spottend: »Nein, nein, du bist kein weiser Prophet. Ich sehe, daß du nicht voraus sehen kanst, sonst hättest du auch gemerkt, daß ich dich nicht küssen wollte. Aber ich habe dich dennoch gar lieb.«

Und damit biß er ihm den Kopf vom Rumpfe und speißte ihn.

6. Die Goldfischlein.

Es wohnten drey Goldfischlein mit ihrer Mutter in einem steinigen Wasser; die Sträucher beugten sich drüber her und das Plätzchen war immer düster und kühl. Aber weiter unten glänzte die Sonne golden auf die Spiegelfläche des Baches. Und eines Tages sprachen die Fischlein zu ihrer Mutter: »Ey Mutter! warum bleiben wir denn immer hier und gehen nie dort hinunter, wo die Sonne so schön abglänzt auf dem Wasser? Vielleicht ist dort unten schöner sandiger Boden. Warum müssen wir uns immer hier unter den Steinen verborgen halten, wo die Sonne nie her scheint? Dort unten muß ja so schön seyn!«

Da antwortete die Mutter der Goldfischlein: »Es ist nicht alles, wie es scheint. Jener Platz dort unten scheint lustig und gut; man kann sich hübsch sonnen auf den kleinen Wellen, und auf dem Grunde findet sich manches gute Würmlein. Aber unter dem ausgehöhleten Uferrande wohnt ein grosser gefrässiger Fisch, vor dem kein kleinerer Fisch sicher ist. Darum gehen wir nicht hinunter an den schönen sonnigen Platz.«

Eines Tages ging aber die Mutter der Fischlein aus, um Speise zu suchen. Aber beym Fortgehen warnte sie noch die Fischlein, und sprach: »Gehe mir ja keines hervor aus unsern Steinen, ehe ich wieder bey euch bin, daß ihr nicht Schaden nehmet.«

Und die Fischlein versprachens, recht folgsam zu seyn, und gar nicht hervor zu gucken.

Da die Mutter aber fort war, und eine Weile ausblieb, sprach das älteste der Fischlein: »Mütterchen bleibt so gar lange, und wir sollen immer da unten sitzen, hinter den schlammigen Steinen. Was thuts denn, wenn wir ein bißchen höher in's Wasser steigen? bey uns ist ja kein gefrässiger Fisch, vor dem wir uns zu fürchten hätten.«

Aber die andern wollten nicht, und sprachen: »Was würde die Mutter sagen, wenn sie käme und uns oben anträfe?« »Ey,« sprach das Fischlein dagegen, »Mutter ist weg. Mütterchen sieht's nicht; und wenn sie kommt, so stecken wir uns wieder hinter unsre Steine, ehe sie es gewahr wird, daß wir oben waren.« Und mit diesen Worten tauchte es hervor und schwamm auf der Fläche; und es war ihm wohl, und rief seinem jüngern Bruder und seinem Schwesterchen. Da stieg das Brüderchen auch aufwärts auf die Oberfläche des Wassers; und sie spielten munter auf den krausen Wellchen. Das Schwesterchen der Goldfischlein aber war folgsam, und blieb unten hinter den Steinen versteckt.

Wie aber die beyden Brüderchen so spielten, sahe das jüngste hinab, auf dem Strome, wo die Sonne sich spiegelte in dem Wasser; und sagte zu seinem ältern Brüderchen: »Sieh wie sich dort unten die Sonne so schön spiegelt!« Und das ältere Goldfischlein sprach: »Jetzt ist's doch eins; wir haben jetzt doch der Mutter Gebot übertreten, und sind hervor gegangen aus unsrer Wohnung, laß uns lieber auch noch dort hinab gehen, nur einen Augenblick! Der grosse Fisch wird uns nicht gerade sehen.«

Aber das jüngere Fischlein wollte nicht, und das andere schwamm allein hinab und spielte auf den goldschimmernden Wellen. Da schoß der grosse gefrässige Fisch, ein Hecht, hervor, und verschluckte es.

Als nun die Mutter nach Hause kam und ihr grösseres Söhnlein nicht antraf, ward sie betrübt und weinte um es, und gebot nochmahls den beyden andern Goldfischchen, ja nicht hervor zu gehen aus ihrer Steinhöhle.

Da sie aber einst wieder ausging, dachte das Goldfischlein, welches schon einmahl mit dem andern auf der Oberfläche des Wassers war, es wolle sich wieder das Vergnügen machen, und auf den Wellen herum spielen. Da sprach es zu seinem Schwesterchen: »Komm', steig' mit mir auf die Höhe des Wassers, und laß uns da herum schwimmen und spielen.«

Aber das Schwesterchen sagte: »Denkst du nicht mehr daran, wie der Hecht unser anderes Brüderchen gefressen hat, daß es nicht mehr heim kam?« Das Brüderchen antwortete: »Ey wir gehen nicht gerade hinunter wo der gräßliche Fresser wohnt; wir bleiben hier oben:« »Nein,« versetzte das andere Goldfischlein, »ich gehe nicht. Wenn auch der gefrässige Fisch nicht da wohnt, so hat es doch unsere Mutter verboten.«

Das Brüderchen aber hörte nicht, und stieg hinauf auf die Fläche des Wassers und spielte herum; und indem es spielte, ward es ein gutes Würmlein gewahr, das im Wasser schwebte; und es schnappte darnach und verschluckte es zusamt der Angel, an die es der listige Fischer gesteckt hatte. Und es wollte sich wieder los machen, aber der Fischer, der in dem Gebüsche stand, merkt' es, daß er etwas gefangen habe, zog seine Angel heraus und nahm das Goldfischlein zu den andern, die er gefangen hatte.

Als aber die Mutter wieder nach Hause kam, sah sie von ferne schon den Fischer und fürchtete gleich, er möchte eines ihrer Kleinen gefangen haben, und tauchte unter und vernahm mit Trauern von dem übrig gebliebenen Goldfischlein, wie das Brüderchen hinauf geschwommen sey auf die Oberfläche des Wassers.

Aber ihr einziges Kindlein liebte sie nun dreyfach so sehr, als sie es vorher geliebt hatte. Und sie zog mit ihm das Bächlein weiter hinauf, wo auch die Sonne hinein strahlte, und pflegte es mit doppelter Sorgfalt, weil sie wußte, daß es folgsam war, und die Sorge und Pflege schon in der Jugend durch Achtsamkeit und Gehorsam gegen seine Mutter belohnte.

7. Der Affe und die Schildkröte.

Die Affen hatten einst einen König. Weil er aber alt und schwach wurde, jagten sie ihn aus ihrem Lande, und wählten sich einen andern. Der vertriebene König lief dahin und dorthin, bis er endlich an das Gestade des Meeres kam, wo viele Feigenbäume und andre gute Fruchtbäume standen. Er sah sich um in der Gegend, und beschloß da zu wohnen, denn es waren keine wilden Thiere da, und was er brauchte, wuchs im Überflusse. Darum stieg er gleich auf einen Feigenbaum, und fraß von den Früchten desselben. Wie er aber so darauf herumkletterte, fiel ihm einmahl eine Feige hinab, und eine Schildkröte schwamm herzu, und fraß sie. Da warf er noch etliche hinab, und die Schildkröte fraß sie alle auf, und rief ihm zu, und dankte ihm, und er sprach mit ihr, und so machten sie Freundschaft mit einander.

Der Affe warf der Schildkröte immer von seinen Früchten zu, und der Schildkröte gefiel das gute Leben so wohl, daß sie gar nicht mehr an ihr Haus und ihr klein Töchterchen dachte, das sie zu Hause gelassen hatte. Das Schildkrötentöchterchen aber ward ganz traurig, daß seine Mutter nicht mehr nach Hause kam, und klagte seine Noth einer andern Schildkröte, die in der Nähe wohnte.

»Sey nur ruhig,« sagte die Nachbarinn; »ich habe deine Mutter noch heute gesehen. Ich war von unserer Insel hinüber geschwommen an's feste Land, dort allerley Gewürm zu suchen, da sah ich sie freundlich reden mit einem Affen. Der Affe ist Schuld dran, daß sie dich so vergißt. Freylich, der Affe könnte sie am Ende bereden, daß sie dich gar verließ, darum mußt du machen, daß er aus dem Wege geschafft wird?«

»Ja, wie kann ich das?« fragte die junge Schildkröte. Aber die Nachbarinn sagte: »Da laß mich nur machen,« und rieth ihr, sie solle nur eine Zeitlang wenig essen, und recht in der Sonnenhitze sich aufhalten, daß sie recht elend und abgezehrt aussehe, und solle sich nur recht krank stellen, wenn ihre Mutter käme; für's andre wolle sie dann schon sorgen. Das that die junge Schildkröte auch, und wie sie endlich ein Paar Tage darauf ihre Mutter auf dem Wasser herschwimmen sah, rief sie schnell der Nachbarinn, und legte sich in ihr Bette, das vom Schlamme des Meeres gemacht war, und stellte sich gar krank und matt.

Wie nun ihre Mutter herein kam, und ihr Töchterchen so elend und abgezehrt da liegen sah, erschrack sie nicht wenig. »Liebes Kind, was fehlt dir? was machst du?« so fragte sie, und weinte.

»Ja« sagte die Nachbarinn, »eure Tochter ist sehr krank; es steht sehr gefahrlich mit ihr. Und das Schlimmste bey der Sache ist, daß nur ein Mittel ihr helfen kann, und das kann man nicht kriegen in unsrer Gegend.«

»Ach was ist das für ein Mittel?« fragte die Mutter, »Ich will ja gern alles anwenden es zu kriegen, und sollt ich selbst hundert Meilen darum reisen. Sagt doch, was ist das für ein Mittel?«

»Ja,« sagte die Nachbarinn wieder, »das könnt ihr nicht kriegen. Eure Tochter kann nur wieder gesund werden, wenn sie das Herz eines Affen frißt, sonst ist alle Hilfe vergeblich.«

Da lief die Schildkrötenmutter hinaus, einen Affen zu suchen, und ihn mit List zu besiegen. Aber sie suchte den ganzen Tag, und fand keinen. Da es nun gegen Abend ging, kam sie eine grosse Furcht an, sie möchte ihr liebes Töchterlein verlieren, und sie beschloß, lieber ihren guten Freund umzubringen. Wie aber? Sie fühlte sich zu schwach. Darum besann sie sich auf eine List, und schwamm hin zu ihm.

»Ey, Freundinn wo bleibst du denn so lange?« rief ihr der Affenkönig entgegen.

»Die Wahrheit zu gestehen,« sagte sie, »ich schämte mich. Du hast mir schon so viele Freundschaft erwiesen, und ich dir gar nichts. Ich war deßhalb zu Hause, dort auf der Insel, und habe meiner Tochter aufgetragen, uns auf den Abend ein klein Gastmahl zuzurichten. Jetzt bin ich da, dich abzuhohlen.«

Der Affenkönig wollte im Anfange nicht mitgehen, wie ihm aber die Schildkröte von Melonen und solchen Früchten erzählte, die es auf ihrer Insel gebe, ließ er sich doch überreden. »Wie komme ich aber hinüber?« fragte er. »Ey« antwortete die Schildkröte? »du setzest dich auf meinen Rücken, und so bringe ich dich hinüber. Ich kann gut schwimmen, und auf meinem breiten Rücken ist Platz genug für dich.«

Das gefiel ihm, er setzte sich auf den breiten hörnernen Rücken seiner Freundinn, und zog seine Füsse recht an sich, um nicht naß zu werden, und die Schildkröte segelte ab.

Wie sie aber unterwegs war, da bedachte sie erst recht, was sie thun wollte, und da fiel ihr erst ein, wie gottlos es sey, daß sie ihren treuen Freund, den Affen, so treuloser Weise ums Leben bringen wollte. Und wie sie so dachte, hielt sie im Schwimmen still.

Das gefiel dem Affenkönig nicht recht, und er fragte ganz ängstlich: »Was ist das? Warum hältst du inne? du wirst doch nichts Unrechtes im Sinn haben? Du bist mir schon den ganzen Abend so vorgekommen?« Aber die Schildkröte konnte es jetzt nicht länger über's Herz bringen, und gestand ihm ihre Arglist, und daß ihre Tochter krank wäre, und nur durch ein Affenherz wieder hergestellt werden könnte.

»Das ist eine fatale Arzney für dich!« dachte der Affenkönig. Was wollte er aber jetzt machen? Er war einmahl in ihrer Gewalt, und fürchtete, sie möchte ihm doch ihre Tochter vorziehen. Da bedacht er sich schnell auf eine List, und sagte: »Was? ist es weiter nichts, als ein Affenherz? O, warum hast du mir das auch nicht früher gesagt? Dann hätte ich doch mein Herz mit mir nehmen können, um deiner Tochter zu helfen.«

»Ey« sagte die Schildkröte verwundert, »hast du denn dein Herz nicht bey dir?«

»Gott bewahre! nein!« antwortete der Affenkönig. »Das liegt wohlverwahrt dort am Lande in einem hohlen Feigenbaum.«

»Warum trägst du aber dein Herz nicht bey dir?« fragte die Schildkröte.

»Ja,« sagte der Affenkönig »weißt du denn das nicht? Siehe, wir Affen haben ein gar zänkisches und unverträgliches Herz. Darum ist es uns von Natur vergönnt, daß wir es heraus nehmen können, wenn wir mit guten Freunden zusammen seyn wollen. Darum habe ich es auch heute zu Hause gelassen, um in deinem Hause keinen Streit anzufangen. – Aber höre, wenn dir daran gelegen ist, so komm, so hohlen wir's.«

Die thörigte Schildkröte glaubte alles, was er sagte, und erwiederte: »Ja, ja, das wollen wir!« und kehrte um, und setzte ihn wieder an's Land.

Der Affenkönig aber war froh, daß er der Gefahr entronnen war, und schwang sich fröhlich auf seinen Baum. Da er aber nicht mehr herunter kommen wollte, rief ihm die Schildkröte zu: »Nun, wo bleibst du so lange?«

Da lachte er sie aber brav aus, weil sie so dumm war, und ihm geglaubt hatte; und die Schildkröte schwamm traurig heim, und blieb wieder zu Hause. Da ward auch ihr Töchterchen wieder gesund ohne das Affenherz.

8. Luftschlösser.

In dem Lustwäldchen eines Königs wohnte ein armer gottesfürchtiger Mann, wie ein Einsiedler. Und der König schickte ihm alle Tage ein Brot und ein Fläschlein mit Honig: Das Brot aß er, aber den Honig sammelte er sich in einem irdenen Topfe, den er über seiner Bettstätte hängen hatte.

Nun kam grosse Theurung in den Honig. Und als er eines Morgens sein Bette aufschüttelte, und den Honigtopf hängen sah, da fiel ihm ein, daß der Honig so theuer sey, und er beschloß bey sich, seinen kleinen Vorrath zu verkaufen. »Ich löse dafür,« sprach er zu sich, wenigstens fünfzehn Gulden. Dafür kauf' ich mir etliche junge Schafe. »Die werfen mir des Jahrs etliche junge Lämmer, und in zehn Jahren bekomme ich mehr, denn tausend Stücke Schafe. Davon verkaufe ich einen Theil, und kaufe mir etliche Kühe, kaufe mir dann Ochsen, und Äcker. Von den Kühen nehme ich Milch, von den Schafen Wolle. Die Ochsen nehme ich zum Feldbau, und eh' fünfzehn Jahre vorbey sind, hab' ich grosses Gut und Reichthum. Dann nehm' ich mir ein tugendsam Weib; Gott beschert mir dann einen schönen, gottesfürchtigen Sohn, der wird wachsen in Lehre und Weisheit. – Wird er aber nicht folgen und auf meine Vermahnung nicht hören, – – o! ich wollt' ihm über die Lenden schlagen mit meinem Stecken!« Indem nahm er seinen Stock, der neben seinem Bette stand, und wollte sich selber zeigen, wie er ihn schlagen würde, und schlug – und schlug – und traf seinen Honigtopf, daß er in Scherben herunterfuhr, und der Honig auf sein Bette träufelte.

So hatte er nichts mehr von seinen Anschlägen, als die Mühe, sein Bette wieder zu reinigen.

9. Der Schutzengel.

Im Gebirge lebte eine arme Wittwe, die von mancher Sorge für sich und ihren Knaben, Wilhelm, bedrängt ward. Aber der Knabe war ein guter fröhlicher Knabe, sah fröhlich in den Tag hinein, und wußte wenig von der Noth seiner Mutter, denn die Mutter trug ihr Leiden stille und mit Geduld.

Und als der Knabe eines Abends heim kam, lag seine Mutter krank auf dem Bette. Da ward sein heitres Auge trübe von Thränen, und er setzte sich zu ihr an ihr Bette, und faßte ihre Hand, und drückte sie an sein Herz, und weinte. Und er blieb an ihrem Bette sitzen die ganze Nacht, und legte ihr oft ihr Kopfkissen zurecht, und hohlte ihr auch manchmal einen Trunk frisch Wasser, daß sie sich ihre lechzenden Lippen labe.

Aber die Nacht verging, und als der Morgen kam, war die Mutter noch nicht gesund, und fing an bitterlich zu weinen. Und der Knabe fragte: »Mutter, warum weinst du?«

Da sprach die Mutter: »Sonst, als ich noch gesund war, konnte ich dir doch Morgens eine Suppe kochen; ich wollte gern die Schmerzen leiden und sterben, aber daß du darunter leiden mußt, das schmerzt mich am meisten.«

Da konnt' er sich nicht mehr halten, und lief hinaus, und kniete sich unter die Linde, die vor der Hausthüre stand, und die Thränen stürzten ihm aus den Augen, und er weinte sehr und rief: »Ach, wenn Mutter stirbt, dann bin ich ganz verlassen! Will ja gern sterben, wenn nur Mutter leben bleibt und nicht mehr weint, denn Mutter ist so lieb und gut. Ach, Gott! Mutterchen ist krank, mach' doch Mutterchen wieder gesund.«

So betete das Kind. Da trat ihm ein feiner Knab' entgegen, mit blauen Augen und krausen Locken und goldglänzenden Flügeln. Und der fremde Knabe trug ein silbernes Körbchen, und rief ihm mit holdseliger Stimm' und sprach: »Komm, laß uns Beeren pflücken für deine kranke Mutter, sie wachsen gleich dort am Wäldchen.«

Und Wilhelm ging mit dem fremden Knaben hin zum nahen Wäldchen, und sie pflückten in kurzer Zeit das Körbchen ganz voll der schönsten reifen Erdbeeren, ob es schon noch nicht um die Erdbeerenzeit war; und der fremde Knabe ließ ihm das Körbchen mit allen Erdbeeren, und sprach: »Bringe diese Beeren deiner Mutter,« und verschwand.

Aber Wilhelm nahm das Körbchen und brachte es hinein, und seine Mutter verwunderte sich über die schönen frühgereiften Beeren, und aß davon und genaß zur selben Stunde von ihrer Krankheit, und herzte ihren Knaben.

Aber der Knabe war fröhlich, daß seine Mutter genesen war, und hüpfte hinaus unter die Linde, und rief dem schönen Knaben, und dankete ihm mit Freudethränen. Und der feine Knabe kam, und ward Wilhelms S c h u t z e n g e l, weil er sein gutes Herz erkannt hatte, und leitete ihm sein Schicksal.

Und als Wilhelm heranwuchs, ward er ein fleissiger Jüngling, und sein Fleiß wurde gesegnet, und er unterstützete seine Mutter in ihrem Alter, und dankete Gott, daß er's konnte.

Lightning Source UK Ltd.
Milton Keynes UK
UKHW052153260820
368857UK00006BA/456